Novelletter

Alexander Kielland

Novelletter
Copyright © JiaHu Books 2016
First Published in Great Britain in 2016 by Jiahu Books – part of
Richardson-Prachai Solutions Ltd, 34 Egerton Gate, Milton Keynes,
MK5 7HH
ISBN: 978-1-78435-187-8
Conditions of sale
A CIP catalogue record for this book is available from the British
Library
Visit us at: jiahubooks.co.uk

2

Haabet er lysegrønt

„Du støver!" raabte Fætter Hans.

Ole hørte ikke.

„Han er lige saa døv som Tante Maren," tænkte Hans; „du støver Ole!" raabte han høiere.

„Aa, om Forladelse!" sagde Fætter Ole og løftede Benene høit iveiret for hvert Skrift. Ikke for alt i Verden vilde han genere sin Broder; han havde allerede nok paa Samvittigheden.

Gik han kanske ikke netop i dette Øieblik og tænkte paa hende, som han vidste, Broderen elskede, og var det ikke syndefuldt af ham, at han ikke kunde faa Bugt med en Lidenskab, der baade var en Uret mod hans egen Broder og desuden saa aldeles haabløs.

Fætter Ole gik strengt irette med sig selv; og medens han holdt sig paa den anden Side af Veien, for ikke at støve, forsøgte han af al Magt at tænke paa de mest ligegyldige Ting. Men hvor langt borte han end lod sine Tanke begynde, kom de dog ad de underligste Gjenveie tilbage til det forbudne Punkt og begyndte atter at flagre som Fluer om Lyset.

Brødrene, der vare i Feriebesøg hos Præsten, deres Onkel, befandt sig just paa Veien til den nærliggende Sorenskrivergaard, hvor der skulde være Ungdomsselskab med Dans. Der var mange Studenter paa Besøg i Bygden, saa at disse Ungdomsselskaber gik som en Epidemi fra Gaard til Gaard.

Fætter Hans var derfor ret i sit Element: han sang, hans dansede, han var vittig fra Morgen til Aften; og naar hans Tone havde været lidt skarp, da han paastod, at Ole støvede, var det egentlig af Ærgrelse over, at det slet ikke vilde lykkes ham at bringe Broderen op i samme Stemning.

Vi vide allerede, hvad der trykkede Ole. Men selv under normale Forhold var han mere rolig og stilfærdig end Broderen. Han dansede „som en Nøddeknækker" — sagde Hans —, kunde slet ikke synge (Fætter Hans sagde endog, at han havde en monoton og usympathetisk Talestemme), dertilmed var han lidt distrait og meget generet i Dameselskab.

Da de nærmede sig Skrivergaarden, hørte de en Vogn bak sig.

„Det er Doktorens," sagde Hans og stillede sig op for at hilse; thi den Elskede var Distriktslægens Datter.

„Oh — hvor yndig hun er — i lyserødt!" sagde Fætter Hans.

Fætter Ole saa strax, at den Elskede var i lysegrønt; men han turde ikke sige et Ord, for ikke at forraade sig ved sin Stemme; thi Hjertet sad ham i Halsen.

Vognen passerede i fuld Fart; de unde Mennesker hilste og den gamle Doktor raabte „Velkommen efter!"

„Nei jagu var det den lysegrønne!" sagde Fætter Hans; han havde neppe faaet Tid til at flytte sine brændende Blikke fra den lyserøde til den lysegrønne; „men var hun ikke deilig — Ole!"

„Aa jo!" svarede Ole med Anstrængelse.

„Du er en Tvædriver!" udbrød Hans indigneret, „men om du end er blottet for al Sands for kvindelig Skjønhed, synes jeg dog, du kunde vise mere Interesse for — for — din Broders Tilkommende."

Du skulde bare vide, hvor hun interesserer mig — tænkte den brødefulde Ole og slog Øinene ned.

Men imidlertid var Hans ved dette yndige Møde kommen op i en henrykt Stemning af Forelskelse og Lyksalighed; han svang sin Stok, knipsede med Fingrene og sang af fuld Hals. Og medens han tænkte paa hende i den lysegrønne Kjole — i det vaarfriske, sommerfugllette Gevant, som han kaldte det —, faldt der ham en gammel Visestump i Munden, som han sang med stort Velbehag:

> Haabet er lysegrønt —
> Trommelommelom, trommelommelom,
> Stedse og altid skjønt —
> Trommelommelom, trommelommelom.

Han syntes, at dette Vers passede saa fortræffeligt til Situationen, at han gjentog det i det uendelige — snart i den gamle Melodis Valsetakt, snart som en Marsch, snart som en Serenade — snart i høie, jublende Toner, snart halvt hviskende, som om han betroede sin Elskov og sit Haab til Maanen og de tause Skove.

Fætter Ole kunde have brækket sig. Thi saa stor Ærbødighed som han end nærede for sin Broders Sang, blev han dog tilslut saa erkekjed af dette lysegrønne Haab og de evindelige „Trommelommelom", at det var ham en sand Lettelse, da de endelig holdt deres Indtog i Gaarden.

Eftermiddagen gik paa sædvanlig Maade ved saadanne Leiligheder; man morede sig fortræffeligt. Thi de fleste vare forelskede, og de, der ikke var det, fornøiede sig næsten endnu bedre ved at holde Øie med dem, der var det.

Der blev spillet Ring i Haven. Fætter Hans løb behændig omkring og gjorde tusinde Løier, bragte Forvirring i Spillet og viste sin Dame alskens Opmærksomheder.

Fætter Ole stod paa sin Post og passede sin Gjerning med Alvor; han opfangede Ringen og sendte den afsted med aldrig svigtende Præcision. Ole vilde ogsaa have moret sig, naar bare ikke hans Samvittighed havde gjort ham saa haarde Bebreidelser for denne bredefulde Kjærlighed til Broderens „Tilkommende".

Da Aftenen begyndte at blive kjølig, flyttende Selskabet ind i Storstuen, og Dansen begyndte.

Ole dansede aldrig meget, men idag var han nu slet ikke oplagt. Han tilbragte Tiden med at iagttage Hans, der hele Aftenen sværmede om „den Tilkommende"; Oles Hjerte sammensnøredes, naar han saa den Lysegrønne fare afsted i Broderens Arme, og det forekom ham, at de dansede hver Dans sammen.

Endelig kom Tiden til Opbrud. De fleste Ældre vare allerede tagne bort med de respektive Vogne, idet Ungdommen havde besluttet at følge hverandre hjem, da det var en deilig Maaneskinsaften.

Men da den sidste Gallopade var danset, vilde Værtinden paa

ingen Maade tillade, at de unge Damer gik lige ud i Aftenluften, saa varme som de vare. Hun dekreterede derfor en halv Times Afkjøling. For at udfylde denne paa den behageligste Maade, bad hun Fætter Hans om at synge en liden Sang.

Denne var strax villig; han hørte ikke til disse taabelige Mennesker, der lade sig nøde; han var sig bevidst, hvad han kunde byde.

Der var imidlertid den Eiendommelighed ved Hans's Sang, eller rettere ved Bedømmelsen af den, at Meningerne vare mere end almindeligt delte. Af tre Personer blev hans Sang beundret som uforlignelig skjøn. Disse tre Personer vare for det første Fætter Ole, dernæst Tante Maren og saa Fætter Hans selv. Saa kom der et stort Parti, der fandt, at det var ret morsomt at høre Fætter Hans synge: „han fik altid noget ud af det." Men tilslut kom der nogle Ildesindede, der paastod, at han hverken kunde synge eller spille.

Det var med Hensyn til det sidste Punkt, Akkompagnementet, at Fætter Ole bestandig bar paa en stille Bebreidelse mod Broderen — den eneste, der formørkede hans Beundring for ham.

Han vidste nemlig, hvor megen Møie det havde kostet baade Hans selv og Søstrene at faa lært ham disse Akkompagnementer, især de tre Mollakkorder, hvormed han pleiede at slutte, og som han øvede sig paa, hver Gang han skulde i Selskab.

Naar han da saa Broderen ved Klaveret lade sine Fingre let og akjødesløst løbe hen over Tangenterne, se op i Taget og mumle: „Ja, hvad staar nu den i!" — som om han søgte efter den rigtige Toneart, da krøb det i Fætter Ole. Thi han vidste, at Hans blot kunde tre Akkompagnementer: et i Moll og to i Dur.

Men naar Sangeren, idet han reiste sig fra Pianoet, lod disse tre vel indøvede Mollakkorder klinge saa henkastet — saa vilkaarligt, som om det var noget, der tilfældigvis kom ham i Fingrene, da rystede Ole paa Hovedet og sagde til sig selv: „Dette er ikke ganske ærligt af Hans."

Imidlertid sang Broderen friskvæk af sit rige Repertoire; Schubert og Kierulf vare hans Yndlinge; og saa foredrog han: Du bist die Ruh, Min Elskte, jeg er bunden, Ich grolle nicht, Die alten bösen Lieder, Alt lægger for din Fod jeg ned, Aus meinen grossen Schmerzen, mach'ich die kleinen Lieder — alt med den samme overlegne Ro og dette lette, halvt legende Akkompagnement. Det eneste, der voldte ham lidt Bryderi, var det fatale Sted: Ich legt' auch meine Liebe und meinen Schmerz hinein; men han fik dog noget ud af det.

Da hørte Ole, der nøle kjendte Grændserne for Broderens Færdighed paa Pianoet, at denne forlod de kjendte Veie og begyndte at tumle om mellem Tangenterne; og han troede til sin Skræk at opdage, at Hans søgte efter den usalige „Haabet er lysegrønt". Men til al Lykke fandt han den ikke, hvorfor han indskrænkede sig til at nynne Sangen halvhøit, idet han henkastede de tre berømte Mollakkorder.

„Nu ere vi afkjølede!" raabte den Lysegrønne hurtigt.

Der blev almindelig Latter over hendes Iver for at komme afsted, og hun var ganske rød, da hun sagde Godnat.

Fætter Ole, der stod i Nærheden af Værtinden, tog ogsaa Afsked; Fætter Hans derimod blev holdt tilbage af Sorenskriveren, som ønskede at vide, under hvilke Lærere han havde studeret Musik; og det tog Tid.

Saaledes skete det, at Ole og den Lysegrønne samtidig kom ud i Entréen, hvor de unge mennesker snart flokkedes om Klædeknagerne, dels for at finde sit eget Tøi, dels for at rive de andres ned.

„Det kan nok ikke nytte at trænge sig frem," sagde den Lysegrønne.

Nu snørede Oles Strube sig sammen paa en chikanøs Maade, saa at det blot lykkedes ham at frembringe en dum Lyd. — De stod tæt ind til hinanden, da der var trangt, og Ole vilde gladelig givet en Finger for at kunne sige hende noget behageligt eller ialfald fornuftigt; men det var ganske umuligt.

„De har vist ikke moret Dem iaften?" sagde hun venligt.

Fætter Ole tænkte paa den ynkelige Rolle han havde spillet

hele Aftenen; hans Uelskværdighed syntes ham saa trykkende, og derfor svarede han (det dummeste, han kunde have svaret — tænkte han, idetsamme Ordene vare udtalte):

„Det er saa leit, at jeg ikke kan synge."

„Formodentlig en Familiesvaghed," svarede den Lysegrønne med et hurtig Blik.

„N—e—i," sagde Ole yderst konfus, „min Broder synger jo udmærket."

„Finder De!" sagde hun tørt.

Dette var det allerforunderligste som nogensinde var hændt Ole: at der kunde være mere end en Mening om Broderens Sang, og at hun, „den Tilkommende", ikke syntes at være blandt Beundrerne! — og dog var det ham ikke ubehageligt at høre.

Atter en Pause, som Ole forgjæves søgte at bryde.

„Synes De ikke om at danse?" spurgte hun.

„Ikke med alle!" busede han ud.

Hun lo: „Nei, nei! en Herre kan jo vælge."

Nu begyndte Ole at miste Fodfæste. Han følte sig som en, der gaar i sine egne Tanker gjennem Gaderne en Vinteraften, og pludselig mærker, at han er kommen ud paa en glat Holke. Der var ikke andet for end at holde sig oppe og lade staa til, og med Fortvivelsens Mod sagde han: „Dersom jeg vidste — eller turde haabe, at en af de Damer — nei! at den Dame, som jeg vil danse med, at hun havde Lyst — hm! at hun vilde danse med mig, saa — saa —," længer kom han ikke, og efter at have sagt „saa" et Par Gange til, taug han.

„De kunde jo spørge," — sagde den Lysegrønne.

Armbaandet var gaaet op, og det havde saadan en slem Laas, at hun maatte bøie sig helt forover og knibe, saa hun blev ganske rød, for at faa det sammen.

„Vilde for Exempel De danse med mig?" — det begyndte at gaa rundt for Ole.

„Ja hvorfor ikke," svarede hun. Hun stod og pressede Spidsen af Skoen ned i en Sprække i Gulvet.

„Paa Fredag skal der nok være Fremmed i Præstegaarde — vilde De da lade mig faa en Dans?"

„Med Fornøielse: hhvilken Dans ønsker De?" svarede hun, idet hun bestræbte sig for at tale i Dametone.

„En Française?" — for de ere saa lange, tænkte Ole.

„Anden Française er ikke optaget," svarede Frøkenen.

„Og en Gallopade?"

„Ja — Tak; første Gallopade!" svarede hun lidt nølende.

„Og en Polka?"

„Nei, nei! ikke mere!" raabte den Lysegrønne og saa paa Ole med Ængstelse.

Idetsamme kom Hans i fuld Fart: „Aa! hvor heldigt, at jeg fandt Dem, Frøken! — men i hvilket Selskab!"

Dermed trak han paa sin elskværdige Maade den Lysegrønne med sig for at finde hendes Tøi og slutte sig til den andre.

„En Française og en Gallopade; men ikke mere — jaja! jaja!" gjentog Fætter Ole. Han stod som fastgroet paa samme Plet. Endelig mærkede han, at han var alene. I en Fart greb han en Hue, listede sig ud ad Bagveien, sneg sig gjennem Haven og brøb saa med stort Besvær over Havegjerdet ikke langt fra Porten, der stod paaklem.

Han slog ind paa den første Fodsti gjennem Marken, idet han fæstede sine Øine paa Præstegaardens Skorstenspiber. Han havde en svag Fornemmelse af, at han blev vaad tilknæs i det høie Græs; derimod mærkede han slet ikke, at Sorenskriverens gamle Uniformshue, som han havde været saa heldig at trive i Farten, vaklede rundt paa Hans Hoved, indtil den kom til Ro derved, at den store Skygge gled han ned over Øret.

„En Française og en Gallopade; men ikke mere! —jaja! jaja!" —

— Det var temmelig sent paa Natten, da Hans nærmede sig

Præstegaarden. Han havde fulgt Doktorens Damer hjem, og nu gik han og gjorde op Dagens Regnskab.

„Hun er lidt sky; men det kan jeg igrunden godt lide."

Da han bøiede af Veien ved Præstegaardens Have, sagde han: „Hun er forbandet sky, næsten mere end jeg synes om!"

Men da han gik over Gaardspladsen, badte han paa, at knibske og lunefulde Damer var de ufordrageligste, han vidste.

Sagen var nemlig den, at han slet ikke var tilfreds med Dagens Udbytte. Ikke saa, at han et Øieblik tvivlede om at være elsket; men netop derfor fandt han nendes kolde og tilbageholdne Opførsel dobbelt ærgerlig. Aldrig havde hun kastet Ringen til ham, ikke taget ham op i en eneste Tur, og paa Hjemveien havde hun talt med alle andre end ham. Men næste Gang skulde han tage det paa en anden maade; hun skulde nok komme til at fortryde den Dag.

Han gik stille i Huset, for at ikke Onkel skulde høre, hvor sent han kom hjem. For at naa sit og Broderens Soveværelse, maatte han passere et stort Loft. Her var et Vindu, der af Ungdommen benyttedes som Dør, hvorigjennem man kom ud paa etslags Altan, som dannedes af Overbygningen over Havetrappen.

Fætter Hans bemærkede, at dette Vindu stod aabent; og derude paa Altanen saa han i det klare Maaneskin sin Broders Skikkelse.

Ole bar endnu de hvide Hansker fra Ballet; han holdt sig med begge Hænder i Rækværket og stirrede Maanen lige i Ansigtet.

Fætter Hans kunde ikke begribe hvorfor Broderen opholdt sig derude paa denne Tid af Natten; men allermindst kunde han begribe, i hvilken Hensigt Ole havde taget en Blomsterpotte paa Hovedet.

Han er fuld, tænkte Hans og nærmede sig forsigtigt.

Da hørte han Broderen mumle noget om en Française og en Gallopade, og saa begyndte han at gjøre nogle underlige Bevægelser med Hænderne.

Fætter Hans fik det Indtryk, at han forsøgte at knipse med

Fingrene; og nu sagde Ole langsomt og tydeligt med sin monotone og usympathetiske Talestemme: „Haabet er lysegrønt trommelommelom, trommelommelom;" — den Stakkel, han kunde jo ikke synge.

Visne Blade

Man k a n blive træt af at betragte et enkelt Maleri; men man m a a blive det af at betragte mange. Derfor ere Øienlaagene saa tunge i de store Gallerier og Siddepladsene saa tmi besatte som en Omnibus om Søndagen.

Lykkelig den, der bar Selvovervindelse nok til af den store Mangfoldighed at udpille et lidet Antal Billeder, til hvilke han hver Dag kan vende tilbage.

Paa denne Maade kan man — uden at Gardien'erne mærke det — tilegne sig et lidet Privatgalleri, som man har ganske for sig selv — fordelt i de store Sale. Alt, hvad der ikke herer til denne private Samling, synker ned til Lsrred og Forgyldning, — en Dekoration, man passerer paa sin Vei, men som ikke tretter Øiet.

En og anden Gang hænder det, at man opdager et Billede, man hidtil har overseet, men som on efter gnindig Prøvelse optages i Udvalget. Samlingen øger saaledes jaevnt, og det var endogsaa tænkeligt, at man ved systematisk at gjennemføre Methoden, kunde gjøre en hel Malerisamling til det Slags Privateiendom.

Men ialmindelighed har man ikke Tid. Det gjælder i en Fart at orientere sig; man sætter et Kryds i Katalogen ved de Billeder, man agter at annektere, ligesom Forstmanden mærker sine Træer, idet han gaar gjennem Skoven.

Disse private Kollektioner blive selvfølgelig af meget forskjellig Art. Mangen Gang leder man i en saadan forgjæves efter de store, anerkjendte Mesterværker, medens man kan finde et lidet, overseet Billede paa Hæderspladsen, og for at forstaa det underlige Arrangement i mange af disse Smaasamlinger, gjør man bedst i at lade sig føre af den, der har foretaget Udvalget. Her er nu et Billede fra et Privatgalleri. —

Der hang i en Krog af Salonen — 1878 et Billede af den engelske Maler Mr. Everton Sainsbury. Det vakte slet ingen Opmærksomhed. Det var hverken stort nok eller lidet nok til at fængsle den banale

Nysgjerrighed; heller ikke var der Spor af moderne Extravagance hverken i Maneren eller i Farven.

Idet man passerede, sendte man det et velvilligt Blik; thi det gjorde et harmonisk Indtryk, og Sujettet var almindeligt og letfatteligt.

Det var to Elskende, der vare belvne en Smule uenige. Og Publikum smilte, idet hver i sit stille Sind tænkte paa disse yndige smaa Uvenskaber, der ere saa heftige og saa korte; der opstaa af de utroligste og forskjelligste Aarsager, men som uforanderlig ende med et Kys.

Og dog samlede dette Billede sig lidt efter lidt en egen Menighed; man kunde mærke, at det var optaget i flere Privatsamlinger.

Naar man styrede mod den kjendte Krog, fandt man ofte Pladsen optaget af en enslig Person, der stod hensunken i Beskuelse. Det kunde være Mennesker af den mest forskjellige Art; men alle fik de et eget fælles Udtryk foran dette Maleri, som om det kastede et falmet, gulagtigt Gjenskin.

Traadte man saa nærmere, fjernede gjerne Beskueren sig: det var som om blot en ad Gangen kunde nyde dette Kunstværket, som om man helst vilde være alene med det. —

I en Krog af Haven, lige ved den høie Mur, staar et aabent Lysthus. Det er ganske simpelt bygget af grønne Spiler, der danne en stor Bue med en Bagvæg. Hele Lysthuset bedækkesaf vild Vin, der fra den venstre Side slynger sig over det buede Tag og hænger ned tilhøire med lange tynde Grene.

Det er sent paa Høsten; Lysthuset har allerede mistet sit tætte Løvtag. Kun de yderste, fine Stængler af den vilde Vin have endnu sine Blade i Behold. Og førend de falde, skjænker Sommeren dem, idet den gaar, alle de Farver, den har tilovers; og som lette Guirlander af gule og røde Blomster hænge de endnu en Tid og smykke Haven med Høstens tungsindige Pragt.

Rundt paa Jorden ligge de nedfaldne Blade; og midt foran Lysthuset har Vinden med stor Flid hvirvlet sammen de smukkeste af dem til en rund, sirlig liden Gravhoug.

Træerne ere allerede afpillede, og paa en nøgen Gren sidder den lille Havesanger med det rustbrune Bryst — som et vissent Blad, der er blevet hængende — og gjentager utrættelig en liden Stump, som den husker af sin Vaarsang.

Det eneste frodige i det hele Billede er Epheuen. Thi Epheuen er som Sorgen, den holder sig frisk baade Sommer og Vinter.

Den kommer smygende med de bløde Følehorn, den lægger sig ind i de mindste Sprækker, den trænger sig gjennem de mindste Aabninger; og først naar den har voxet sig stor og stærk, mærke vi, at den ikke mere lader sig rive ud, og at den ubønhørligt fortsætter med at ødelægge den hele Bygning.

Men Epheuen er som den velopdragne Sorg; den dækker sine Ødelæggelser med de glatte, smukke Blade. Og Menneskene smile med glatte Ansigter, idet de lade, som om de ikke vide, at de vandre omkring mellem Ruiner med Epheu over. —

Midt i det aabne Lysthus sidder en ung Pige paa en Straastol; begge hendes Hænder hvile i Skjødet. Hun sidder med bøiet Hoved og et forunderligt Udtryk i det smukke Ansigt. Det er ikke saameget Krænkelse eller Vrede, endmindre almindeligt Surmuleri, der taler ud af disse Træk; det er snarere en uhyre, bitter Skuffelse. Hun ser ud, som om hun var ifærd med at miste noget uden at eie Kraft til at holde fast, — som om noget visnede for hende.

Han, der støtter sig til hendes Stol med den ene Haand, begynder at forstaa, at Situationen er alvorligere, end han tænkte. Han har forsøgt alle Midler for at faa den oprindelig saa ubetydelige Strid bilagt og glemt: han har talt Fornuft, han har prøvet Spøg; han har bedet om Tilgivelse, gjort sig saa ydmyg — kanske mere end han har ment —; men alt forgjæves. Intet synes istand til at rive hende ud af den halvdøde Stemning, hvori hun er fangen.

Derfor er det med et Udtryk af Ængstelse, at han bøier sig ned mod hende:

„Men du ved dog, at igrunden holde vi begge saa meget af hinanden."

„Hvorfor blive vi da saa let Uvenner, og hvorfor ere vi saa bitre og onde mod hinanden?"

16

„Men, Kjære! det Hele var jo fra først af en ren Ubetydelighed."

„Netop derfor! — husker da, hvad vi har sagt hinanden? hvorledes vi kappedes om at finde de Ord, vi vidste, vilde være de mest saarende. O — at tenke sig, at vi benytte vort Kjendskab til hinanden for at udfinde de ømmeste Steder, hvor de onde Ord kunde ramme! — og det kalde vi Kjæerligbed."

„Kjære — tag det nu ikke saa høitideligt," svarede ban, idet han forsøgte en lettere Tone, „om Menneskene holde nok saa meget af bverandre, ere de dog stundom lidt uenige; det kan nu engang ikke være anderledes!"

„Jo, jo!" raabte hun, „der maa gives en Kjærlighed, for hvilken Strid er umulig; eller ogsaa — eller ogsaa har jeg taget feil, og det, vi kalde Kjærlighed, er ikke andet end —"

„Tvivl ikke om Kjærligheden!" afbrød han hende ivrigt; og han skildrede i varme og veltalende Ord denne Følelse, der forædler Mennesket, idet den lærer os at bære hinandens Svagheder; der skjænker os den høieste Lyksalighed, idet den trods alle smaa Uenigheder binder os sammen med de skjønneste Baand.

Hun havde kun hørt halvt paa ham. Hendes Blik var faret hen over den halvvisne Have; hun havde indaandet den tunge Luft fra det døende Planteliv — og hun havde tænkt paa Vaaren, paa Haabet og paa denne almægtige Kjærlighed, der ender som en Blomst om Høsten.

„Visne Blade" — sagde hun roligt, og idet hun reiste sig, spredte hun med Foden alle de smukke Blade, Vinden med saamegen Møie havde samlet.

Hun gik op ad Alléen, der førte til Huset; han fulgte lige bagefter. Han taug; thi han havde ingen Ord. En døsig Følelse af Ængstelse og Mathed lagde sig over ham; han spurgte sig selv, om han endnu kunde naa hende, eller om hun var hundrede Mile borte.

Hun gik med bøiet Hoved og saa ned i Blomsterbedene. Der stod Asterserne som forrevne Papirblomster paa vissent Potetesgræs, Georginerne hang med de dumme Kræmmerhushoveder paa de knækkede Stilke, og Stokroserne havde smaa vantrevne Knopper i

Toppen og store, vaade, raadne Blomster nedover Stilken.

Og Skuffelse og Bitterhed skar sig dybt ind i det unge Hjerte. Mens Blomsterne døde, modnedes hun for Livets Vinter.

— Saaledes forsvandt de opad Alléen. Men den tomme Stol blev staaende i det halvvisne Lysthus, medens Vinden atter fik travelt med at ordne Bladene til sin lille Gravhoug. —

Og i Tidens Løb komme vi alle — hver efter sin Tur — for at sætte os paa den tomme Stol i en Krog af Haven og stirre paa en liden Gravhoug af visne Blade. —

Erotik og Idyl

„Se bare til at komme sammen!" sagde Fru Olsen.

„Ja, jeg forstaar ikke, hvorfor I ikke gifte Eder nu til Høsten," udbrød den ældre Frøken Ludvigsen, der sværmede for den sande Kjærlighed.

„Aa ja!" raabte Frøken Louise, som var vis paa at blive Brudepige.

„Men Søren siger, han har ikke Raad," svarede den Forlovede lidt frygtsomt.

„Ikke Raad!" gjentog Frøken Ludvigsen, „at en ung Pige kan nævne et saadant Ord! Hvis du allerede nu vil lade din unge Elskov gro over af prosaiske Beregninger, hvad bliver der saa tilbage af den ideelle Glands, som kun Kjærligheden formaar at sprede over Livet. At en Mand kan tage saadanne Hensyn, kan jeg tilnød forstaa — det er jo paa en vis Maade hans Pligt; men en fin Kvindesjæl i Forelskelsens Skjærsommer! — nei, nei, Marie! lad for Guds Skyld ikke disse lave Pengespørgsmaal formørke din Lykke!"

„Aa nei!" raabte Frøken Louise.

„Og desuden," tog Fru Olsen tilorde, „desuden har din Kjæreste slet ikke saa lidet at leve af. Min Mand og jeg begyndte saamænd med meget mindre. — Jeg ved, hvad du vil sige, at Tiderne vare anderledes dengang. Ja, Gudbevars! dette vide vi; jeg undrer mig bare over, at I ikke blive kjede af at fortælle os det. Tro I da ikke, at vi Gamle, der selv have oplevet Overgangen, har den bedste Indsigt i, hvad der fordredes for at leve før og nu. Naar derfor jeg som en erfaren Husmoder siger, at din Kjærestes Gage hos min Mand i Forbindelse med, hvad han lettelig vil kunne tjene ved Axtraarbeide, er tilstrækkeligt til at gifte sig paa, saa kan du vel begribe, at jeg tager det tilbørlige Hensyn til de forandrede Forhold."

Fru Olsen var bleven ganske ivrig, uagtet Ingen tænkte paa at sige hende imod. Men hun var saa ofte i Samtaler af den Art bleven irriteret ved at høre især de unge Fruer udbrede sig over, hvor latterlig billigt alting havde været for tredive Aar siden. Det var somom man vilde forringe den mønsterværdige Maade, hvorpaa hun havde ført sin Husholdning.

Denne Samtale gjorde et dybt Indtryk paa den Forlovede; thi hun havde megen Tillid til den kloge og erfarne Fru Olsen. Og denne havde, siden Marie blev forlovet med Sorenskriverens Fuldmægtig, taget sig meget ivrigt af hende. Det var en energisk Kone, og da hendes egne Børn allerede vare voxne og gifte hver paa sin Kant, var det et velkomment Afløb for hendes Virkelyst at faa ligesom en Anpart i de unge Forlovede og hvad der vedrørte dem.

Maries Moder var derimod en meget stilfærdig Dame. Hendes Mand, der havde haft et lidet Embede, var død saa tidligt, at Pensionen var yderst knap. Hun var af god Familie og havde i sin Ungdom ikke lært andet end at spille Pianoforte. Denne Færdighed havde hun forlængst ophørt at øve, og i Tidens Løb var hun blevet overordentlig religiøs. —

— „Hør nu, min kjære Fuldmægtig! tænker De slet ikke paa at gifte Dem?" spurgte Sorenskriveren paa sin godslige Maade.

„Jo!" — svarede Søren langtrukkent, „naar jeg faa Raad."

„Raad," gjentog Sorenskriveren, „De er s'gu ikke daarligt stillet. Jeg ved, at De har lagt Dem noget tilbedste." —

„En Ubetydelighed," —indskjød Søren.

„Nuvel — lad saa være; men det viser, at De har økonomisk Sands, og den er mange Penge værdt. Med Deres gode Examen, Deres Familieforbindelser og øvrige Konnektioner i Hovedstaden behøver det ikke at vare saa længe, inden De kan begynde at søge de mindre Embeder, og er man først kommen ind paa Embedsbanen, saa gaar det — so De ved — af sig selv-"

Søren bed sig i Pennen og saa raadvild ud.

„Lad os nu tænke os," fortsatte Principalen, „at De — takket være Deres Sparsommelighed — kan sætte Bo uden synderlig Gjæld, saa har De jo Deres Fuldmægtiggage og hvad De ellers vil kunne fortjene ved Extraarbeide. Og det skulde dog være underligt, om ikke en Mand med Deres Dygtighed skulde finde Plads for sin overflødige Tid i en opadstræbende Handelsby som vor."

Søren tænkte hele Formiddagen paa Sorenskriverens Ord; det stod mere og mere klart for ham, at han overvurderede de økonomiske Vanskeligheder ved at gifte sig, og det var jo igrunden sandt, han havde adskillig Tid tilovers fra Kontoret.

Han skulde spise Middag hos Principalen, hvor ogsaa hans Kjæreste var. Idetheletaget mødtes de Unge næsten vel saa ofte hos Sorenskriverens som i Maries Hjem. THi den eiendommelige Færdighed, fru Møller — Maries Moder — havde erhvervet sig i at give alle Samtaler en religiøs Udgang, var ikke videre tiltrækkende for de Unge.

Ved Bordet blev der talt om et lidet yndigt Hus, Fru Olsen havde opdaget: „ret en Rede for et Par nygifte," som hun udtrykte sig. Søren erkyndigede sig i Forbigaaende om Prisen og fandt den noksaa rimelig i Forhold til Fruens Beskrivelse.

Naar Fru Olsen saa gjerne vilde se dette Ægteskab fremskyndet, saa var det for det første — som antydet — for at faa noget at beskjæftige sig med, og dernest kom det af et ubestemt Ønske om, at noget overhovedet skulde foregaa — et psychologisk Fænomen, der ikke er sjeldent hos energiske Karakterer under smaa, ensformige Forhold.

Sorenskriveren arbeidede i samme Retning, for det første efter Ordre fra Fruen, og for det andet, fordi han tænkte, at naar Søren blev gift med Frøken Marie, der skyldte hans Hus saameget, vilde han bindes end fastere til Kontoret, og Sorenskriveren var tilfreds med sin Fuldmægtig. —

Efter Bordet spadserede dor Forlovede i Haven. De talte sammen paa en underlig, stakaandet Maade, indtil Søren i en Tone, som skulde være let, henkastede dem Bemærkning: „Hvad meder du, om vi giftede os ihøst?"

Marie glemte at blive overrasket; hun havde jo selv gaaet i de samme Tanker, og derfor svarede hun, idet hun saa ned: „Ja, synes du bare, vi har Raad, skal det vist ikke være mig imod."

„Lad os engang regne efter," sagde Søren og trak hende ind i Lysthuset. —

En halv Time efter traadte de Arm i Arm ud i Solskinnet. Det var somom det ogsaa skinnede af dem; thi der hvier en Glands over en kjæk Beslutning, tagen efter moden Overveielse og Beregning.

En og anden kunde mene, at man ikke bør stole ubetinget paa et Regnestykkes Rigtighed alene af den Omstændighed, at to Elskende havde faaet ud præcis den samme Facit, især hvor Problemet har dreiet sig om Valget mellem den høieste Lyksalighed eller Forsagelse.

Søren havde ogsaa, mens de regnede, haft nogle Anfægtelser. Han mindedes, hvorledes han selv i Studenterdagene havde talt i høie Ord om Ansvaret mod Efterslægten, hvorledes han ad filosofiske Omveie havde paavist det egoistiske ved Kjærligheden og opkastet det latterlige Spørgsmaal, om man saadan uden videre har Ret til at sætte Børn i Verden.

Men Tiden og det praktiske Liv havde heldigvis helbredet ham for disse ørkesløse og skadelige Tankeexperimenter. Og desuden var han altfor sædelig og velopdragen til at ville støde den Intet anende Elskede ved at medtage i Beregningen en saa frivol Udsigt som den, at de kunde faa mange Børn. Det er jo netop saa smukt, at de unge Mennesker overlade disse Ting til Vorherre og Storken. —

Der blev stor Glæde ikke alene hos Sorenskriverens; men hartad den ganske By som i en Art Febertilstand ved Efterretningen om, at Fuldmægtigen skulde have Bryllup til Høsten. Thi de, der kunde vente Invitation til Bryllupet, glædede sig længe forud; og de, der ikke kunde vente det, ærgrede sig og skumlede; men de, som vidste, at de stod paa Exspektancelisten, vare halvt fortumlede af Spænding. Og al Sindsbevægelse har Værd i rolige Smaabyer.

— Fru Olsen var en modig Dame, og dog bankede hendes Hjerte, da hun begav sig paa Veien til Enkefru Møller. Det er saa sin egen Sag at bede en Moder om at faa Lov til at holde Datterens Bryllup. Men hun kunde have sparet sin Ængstelse.

Thi Fru Møller skyede enhver Anstrængelse næsten ligesameget som hun skyede Synden i enhver Skikkelse, og derfor følte hun en stor Lettelse ved Fru Olsens Forlsag, der blev fremsat med en for denne Damme usædvanlig Delikatesse. Det var imidlertid ikke Fru Møllers Manér at vise nogen let eller tilfreds Stemning. Da Alt jo igrunden var „Kors" paa en eller anden Maade, lod hun det ogsaa nu skinne igjennem, at hende Taalmodighed var istand til at bære enhver Tilskikkelse.

Fru Olsen vendte straalende tilbage fra denne Visit. Hun var gaaet glip af den halve Fornøielse ved dette Ægteskab, om hun ikke havde faaet holde Bryllupet; thi at holde Brylluper var Fru Olsens Specialitet. Hun lagde da sin Økonomi tilside, og den Tilfredsstillelse, hun følte ved at faa Brug for hele sin Arbeidskraft, gjorde hende formeligt elskværdig. Desuden var Embedet godt, og Olsen havde altid eiet en liden Formue, som der imidlertid aldrig blev talt om.

— Saa blev der da holdt Bryllup, og et prægtigt Bryllup var det. Frøken Ludvigsen havde skrevet en rimfri Sang om den sande Kjærlighed, der blev sunget ved Bordet, og Lousie tog sig bedst ud af alle Brudepigerne.

De Nygifte flyttede ind i den af Fru Olsen opdagede Rede, for at begynde denne halvbevidste Tilværelse af festlig Lyksalighed, som Englænderne kalde „Honningmaaneden", fordi den er for sød, Tyskerne „Flitterwochen", fordi Glandsen svinder saa hurtigt, og vi „Hvedebrødsfagene", fordi vi vide, at der kommer Husmandskost bagefter.

Men i Sørens Hus varede Hvedebrødsdagene længe, og da Vorherre gav dem en liden Engel med gule Lokker, var deres Lykke saa stor, som vi overhovedet kunne vente den i denne triste Verden.

Med Hensyn til Indtægten — saa slog den nogenlunde til, uagtet Søren desværre ikke havde opnaaet at sætte Bo uden uden Gjæld; men med Tiden skulde det nok rette paa sig. — —

— Ja, men med Tiden! — Aarene gik, og hvert Aar skjænkede Vorherre Søren en liden Engel med gule Lokker. Efter et sexaarigt Ægteskab havde han altsaa præcis 5 Børn. Den lille rolige By var uforandret, Søren var fremdeles Fuldmægtig, Sorenskriverens vare de samme; men Søren selv var ikke til at kjende igjen.

Der gives Sorger og tunge Slag af Skjæbnen, om hvilke man siger, at de kunne gjøre en Mands Haar graat paa en Nat. Saadanne Tilskikkelser vare ikke faldne i Sørens Lod. Hvad der havde sat ham graa Haar i Hovedet, bøiet hans Ryg og gjort ham gammel før Tiden, var en langsom, vulgær Sorg — Næringssorgen.

Næringssorgen spiller den samme Rolle blandt Sorgerne som Tandpinen blandt Sygdommene. Den er ikke nogen enkelt Smerte, der lader sig beseire i aaben Kamp; den er ikke som en Nervefeber eller en anden „ordentlig" Sygdom, der har en Udvikling — en Krisis. Men ligesom Tandpinen er lang og ensformig som en Bændelorm, saaledes lægger Næringssorgen sig om sit Offer som en graa Sky; man tager den paa sig hver Morgen med sine luvslidte Klæder, og man sover sjelden saa dybt, at man ganske glemmer den.

Det var i den lange Kamp mod den fremtrængende Fattigdom, Søren havde slidt sig op; og dog var han en stor Økonom.

Men der gives to Slags Økonomi: den aktive og den passive. Den passive Økonomi tænker Dag og Nat paa, hvorledes den skal spare en Skilling; den aktive pønser ligesaa invrigt paa, hvorledes den skal tjene en Daler. Den første Slags Økonomi — den passive — hører hjemme hos os, den aktive i de store Samfund — væsentlig i Amerika.

Søren havde sin Force i den passive Retning. Han anvendte al sin Fritid og lidt af Arbeidstiden med til at udspekulere alskens Besparelser og Indskrækninger. Men enten det nu kom af, at han ikke havde Held med sig eller — hvad der er mest troligt — af, at hans Indtægter i Virkeligheden vare for smaa til at leve af med KOne og 5 Børn, nok er det: hans finansielle Stilling forværredes.

Alle Pladse i Livet synes vel besatte: og dog er der nogle Mennesker, der komme an overalt. Søren hørte ikke til disse, og han søgte forgjæves efter dette Extraarbeide, der baade for ham selv og for hans Kjæreste havde staaet som en dunkel, men rig Indtægtskilde. Heller ikke havde han nogen Gavn af sine gode Forbindelse. Der er altid fuldt op af Folk, der ville hjælpe haabefulde, unge Mennesker, som kunne hjælpe sig selv; men trængende

Familifædre komme altid til Uleilighed.

Søren havde haft mange Venner. Man kunde ikke sige, at de havde trukket sig tilbage fra ham; men han var liksom bleven borte for dem. Naar de nu mødtes, var der en vis Forlegenhed paa begge Sider. Søren havde ikke længer Sands for, hvad der interesserede de andre; og disse kjedede sig, naar han udbredte sig over, hvor haardt han arbeidede og hvor dyrt det var at leve.

Og naar han saa en enkelt Gang blev buden i Herreselskab til en af sine Ungdomssvenner, gik det ham som det pleier at gaa Folk, som til dagligt lever yderst tarveligt: han forspiste sig og drak formeget. Og fra at have været den muntre, men fine og forsigtige Søren, sank han ned til at blive etslags Nar, der holdt vrøvlede Taler, og om hvem Selskabets Hvalpe samlede sig efter Bordet, for at gjøre Løier. Men hvad der gjorde de pinligste Indtryk paa hans Bekjendte var, at han var bleven aldeles ligegyldig for sin Paaklædning.

Søren havde nemlig været yderst nøiagtig med sit Toilette; i Studenterdagene hed han „den sirlige Søren". Og selv som Familiefader havde han en tidlang vidst at give sing tarvelige Klæder et vist Sving. Men efterat den haarde Nød havde tvunget ham til at bruge hvert Klædningsstykke i en unaturlig lang Tid, havde hans Forfængelighed tilsidst givet sig over. Og naar en Mand mister Sandsen for at holde sin Person pen, mister han den gjerne totalt. Det var hans Kone, som maatte gjøre ham opmærksom, naar Anskaffelsen af en ny Frak var absolut nødvendig, og naar hans Flipper bleve altfor fillede i Kanten, klippede hun dem med en Sax.

Selv havde han andet at tænke paa — Stakkel. Men naar der kom Fremmede i Kontoret eller naar han skulde ind ad en Dør, havde han den rent mekaniske Vane at spytte paa sit Frakkeopslag og gnide det med Haanden. Ligesom de rudimenta af Organer, der ere gaaede tilgrunde ved Ikkebrug, som Zoologerne finde hos visse Dyr, var dette den eneste Levning af „den sirlige Søren"s Pyntelyst. —

Imidlertid bar Søren sin værte Fiende i sit eget Indre. Han havde i sin Ungdom syslet med Filosofi, og nu hændte det stundom, at denne usalige Lyst til at tænke kom over ham, kuldkastede alle Indvendinger og endte med at stille alt paa Hovedet.

Det var, naar han tænkte paa sine Børn, at dette hændte ham.

Naar han betragtede disse smaa Skabninger, som — det kunde han ikke skjule for sig selv — i Tidens Løb bleve mere og mere vanskjøttede, var det umuligt for ham at se dem under Kategorien: gullokkede Engle, som Vorherre havde givet ham. Han maatte jo tilstaa, at Vorherre ikke giver os saadanne Gaver uden nogen Foranledning fra vor Side, og da spurgte Søren sig selv: Har du havt Ret til dette? Han tænkte paa sit eget Liv, der var begyndt under lykkelige Forhold. Han kom fra et komfortabelt Hjem; hans Fader — en Embedsmand — havde givet ham Landets bedste Uddannelse; han var udrustet til Livets Kamp som de Bedste; — og hvorledes var han kommen fra det?

Og hvad havde han at give sine Børn med i den Kamp, hvori han sendte dem? De begyndte sit Liv i Trang og Mangel, som helst skulde skjules; de lærte tidligt den bitre Uoverensstemmelse mellem Forventningerne og Fordringerne til Livet og de ydre Kaar; og fra sit uryddige Hjem vilde de medtage — kanske den tungeste Arv et Menneske kan slæbe med sig gjennem Livet: Fattigdom med Pretensioner.

Søren prøvede at sige: Vorherre vil nok tage sig af dem. Men han skammede sig strax; thi han følte, at det var Noget, han sagde, for at undskylde sig og berolige sin Samvittighed.

Disse Tanker vare hans værste Plage; men, for at sige Sandheden, det var ikke ofte, de kom over ham; thi Søren var bleven sløv. Det mente ogsaa Sorenskriveren. „Det var i sin Tid," pleiede han at sige, „en ret flink Mand — min Fuldmægtig. Men — ser De! dette overilede Giftermaal, de mange Børn o. s. v. — kort sagt, det er næsten forbi med ham."

Daarligt klædt og daarligt ernæret, fuld af Gjæld og Bekymringer var han træt og udslidt uden at have udrettet noget. Og Livet gik sin Gang, og Søren slæbte sig med. Han syntes glemt af alle undtagen af Vorherre, der — som sagt — hvert Aar skjænkede ham en liden Engel med gule Lokker. —

Sørens unge Hustru havde trolig fulgt sin Mand gjennem disse sex Aar, og saa var hun ogsaa kommen til det samme Maal.

Det første Aar af hendes Ægteskab var gledet forbi som en Drøm af svimlende Lyksalighed. Naar hun løftede den lille gullokkede Engel op for de beundrende Veninder, var hun skjøn som et fuldendt Billede af Moderglæden; og Frøken Ludvigsen sagde: „Se! den sande, den ægte, den rigtige Kjærlighed!"

Men snart blev Fru Olsens „Rede" for trang; Familien øgede, mens Indtægterne stod sdlle. Daglig stilledes der nye Krav til hende, nye Sorger og nye Pligter. Marie tog kraftig fat, thi hun var en modig og forstandig Kvinde.

Det er ikke et Arbeide af de saakaldte opøftende, at forestaa et Hus fuldt af smaa Børn uden Midler til at tilfredsstille endog de tarveligste Fordringer til Komfort og Velvære. Dertilmed var hun jo aldrig rigtig frisk; hendes Tilstand bevægede sig mellem enten nylig at have havt et Barn eller snart at skulle have et. Medens hun kavede fra Morgen til Aften, mistede hun sit gode Humør, og hendes Sind blev bittert; stundom spurgte hun sig selv: hvorledes hænger dette sammen?

Hun saa den Iver, hvormed de unge Piger eftertragte Ægteskabet, og den selvtilfredse Mine, hvormed de unge Mænd tilbyde det; hun tænkte paa sine egne Erfaringer, og hun fik en Følelse af, at man havde narret hende.

Men det var ikke rigtigt af Marie at tænke saaledes; thi hun havde faaet en udmærket Opdragelse.

Den Livsanskuelse, hvori hun tidligt var bleven indøvet, var den eneste skjønne, den eneste, der var istand til at redde det Ideale for hende i Livet. Ingen styg, prosaisk Betragtning af Tilværelsen havde nogensinde kastet sin Skygge over hendes Udvikling; hun vidste, at Elskoven er det skjønneste paa Jorden, at den staar over Fornuften og findes i Ægteskabet; med Hensyn til Børn havde hun tørt at rødme, naar de nævntes.

Der var altid vaaget strengt over hendes Læsning. Hun havde læst mange alvorlige Bøger om Kvindens Pligter; hun vidste, at hendes Lykke er at blive elsket af en Mand, og hendes Bestemmelse at være hans Kone. Hun kjendte Menneskenes Ondskab, hvor ofte de stille sig iveien for to unge Elskende; men hun vidste ogsaa, at den sande Kjærlighed tilslut gaar seierrig ud af Kampen. Og naar Menneskene gik tilgrunde i Livets Kamp, var det fordi de sveg Idealet, og det hun troede paa, skjøndt hun ikke vidste, hvad det var.

Hun kjendte og elskede de Digtere, hun fik læse. Meget af det erotiske forstod hun kun halvt, men det var netop saa yndigt. Hun vidste, at Ægteskabet var en alvorlig — meget alvorlig Ting, hvortil der hørte Præst, og at Ægteskaberne stiftes i Himmelen ligesom Forlovelserne i Balsalen. Men naar hun i hine unge Dage tænkte sig dette alvorlige Forhold, da var det somom hun saa ind i en fortryllet Skov, hvor Amoriner binde Kranse, Storkene bringe smaa gullokkede Engle, og foran den lille Hytte i Baggrunden, der dog er stor nok til at ramme al Verdens Lyksalighed, sidder det ideale Ægtepar og fordyber sig i hinandens Øine.

Og aldrig havde nogen været smagløs nok til at sige til hende: „Undskyld Frøken! skulde De ikke have Lyst til at følge mig om paa den anden Side, og se Sagen et Øieblik paa Vrangen. Tænk, om det Altsammen ikke var andet end Dekorationer af Pap."

Nu havde Sørens unge Hustru rigelig Anledning til at iagttage Dekorationerne paa Vrangen. —

Fru Olsen havde fra Begyndelsen besøgt hende sent og tidligt og overvældet hende med Raad og Tilrettevisninger. Baade Søren og hans Kone vare mangen Gang hjertelig kjede af hende; men de skyldte jo Olsens saameget.

Dog lidt efter lidt kjølnede den gamle Dames Iver. Da de Unges Hus ikke længer var saa rent, saa ordentligt og mønsterværdigt, at hun kunde være stolt af sit Vasrk, forsvandt hun efterhaanden; og naar Sørens Kone en enkelt Gang bad om Raad eller Hjælp, var Fru Sorenskriverinden paa sin høie Hest, indtil den unge Frue ikke mere henvendte sig til hende. Men naar Samtalen i Selskaber faldt paa Sorenskriverens Fuldmægtig, og Nogen ytrede Medlidenhed med den stakkels Kone med de mange Børn og de kummerlige Indtægter, da tog Fru Olsen Ordet med stor Kraft: „Jeg kan forsikre Dem, at om Marie havde dobbelt saa meget at leve af og slæt ingen Bern, vilde det dog ikke forslaa. Hun er — ser De!" — og Fru Olsen gjorde en Bevægelse med Hænderne, som om bun øste ud til alle Sider.

Marie kom ikke ofte i Selskab; og naar bun saa optraadte i sin vel ti Gange forandrede Brudekjole, var det ialmindeligbed for at sidde alene i en Krog eller føre en kjedelig Samtale med en ligestillet Husmoder om de dyre Tider og de urimelige Tjenestepiger.

Og de unge Damer, der havde samlet Herrene omkring sig enten midt paa Gulvet eller i det Værelse, hvor de fandt de bedste Stole til at ligge i, hviskede til hverandre: „Hvor det dog er kjedsommeligt, at de unge Koner aldrig kan tale om andet end Husholdning og Børnetøi."

I den første Tid havde Marie ofte havt Besøg af sine mange Veninder. De vare henrykte over det hyggelige Hus, og den lille gullokkede Engel maatte formelig beskyttes mod deres graadige Beundring. Men naar det nu hændte, at en af dem forvildede sig ind til hende, var det belt anderledes. Der var ikke lenger nogen gullokket Engel i ren, broderet Kjole med røde Silkebaand at fremvise. Børnene, der aldrig vare presentable uden Varsel, bleve i Hast jagede ud — efterladende Legetøi paa Gulvet, halvspiste Smørogbrød paa Stolene og denne elendommelige Atmosphære, som man i det høieste kan taale hos sine egne Bern.

Dag ud og Dag ind gik hendes Liv under stadig Slid; mangengang, naar hun maatte høre sin Mand klage over, hvor haardt han arbeidede, tænkte hun med etslags Trods: Jeg gad vide, hvem der bar det tungeste Arbeide af os to?

I en Henseende var hun lykkeligere end sin Mand. Hun havde ingen Anelse om Filosofl, og naar hun kunde stjæle sig til et lidet, roligt Øieblik, for at fordybe sig i sig selv, færdedes hun paa helt andre Veie end den arme Filosof.

Hun bavde intet Sølvtøi at pudse, ingen Guldstads, hun kunde tage frem og pynte sig med. Men i Hjertets inderste Krog gjemte hun alle Mindeme fra det første Aar af hendes Ægteskab, fra dette eventyrlige Jubelaar. Og hun pudsede dem — disse Minder; hun holdt dem saa blanke, at de skinnede klarere for bvert Aar, som gik.

Men naar den trette og forgræmmede Husmoder i al

Hemmeligbed smykkede sig med disse Herligheder, var det dog ikke saa, at de formaaede at kaste nogen Glands over hendes nuværende Liv. Hun var sig neppe bevidst nogen Sammenhæng mellem den gullokkede Engel med røde Silkebaand og den lille femaars Gut, der laa og grov i det mørke Gaardsrum. Disse Øieblikke rev hende ud af al Sammenheng, det var som en Opiumsrus.

Naar der saa blev raabt paa bende etsteds fra i Huset, eller et af Børnene blev bragt brølende ind fra Gaden med en stor Kugle i Panden, skjulte hun i Hast sine Skatte, og med sit ssedvanlige Udtryk af haabløs Træthed lod hun sig atter gribe af sine utallige Pligter og Sorger.

— Saaledes var det gaaet med dette Ægteskab og saaledes arbeidede disse Ægtefolk sig fremad. De trak begge det samme tunge Læs; men trak de sammen? — Det er trist, men det er sandt: naar Krybben er tom, bides Hestene. —

— Der var stor Chocolade hos Frøknene Ludvigsen — lutter Ugifte.

„Thi de gifte Damer ere saa prosaiske," sagde den ældre Frøken Ludvigsen.

„Uf ja!" raabte Louise.

Stemningen var belivet som den pleier at vaere i saadant Selskab og ved saadan Leiligbed; og idet Samtalen fór Byen rundt, kom den ogsaa indom hos Søren. Alle vare enige om, at det var et høist ulykkeligt Ægteskab og et sørgeligt Hus; nogle syntes Synd, andre dadlede.

Da tog den ældre Frøken Ludvigsen Ordet med en vis Høitidelighed: „Jeg skal sige Eder, hvad Feilen er ved dette Ægteskab; for jeg kjender Sagen tilbunds. Allerede før hun blev gift, var der ved Marie noget beregnende, noget lavt prosaisk, der er aldeles fremmed for den sande, den ægte, den rigtige Kjærlighed. Dette har senere udviklet sig og hævner sig nu grusomt paa dem begge. Thi vistnok har de ikke meget at leve af; men hvad skulde det gjøre for To, som i Sandhed elske hinanden? det er dog ikke Rigdommen, som betinger Lykken. Er det ikke meget mere netop i det fattige Hjem, at Kjærligheden paa det skjønneste viser sin

Almagt? — Og hvem vilde desuden kalde dem fattige! Har ikke Vorherre rigeligen velsignet dem med sunde og friske Børn? Se — det er nu deres Rigdom! Og havde deres Hjerter været opfyldte af den sande, den ægte, den rigtige Kjærlighed, saa — saa —"

Frøken Ludvigsen stod lidt fast.

„Hvad saa?" — spurgte en modig, ung Dame.

„Saa" — fortsatte Frøken Ludvigsen med Høihed, „saa skulde vi nok ogsaa have seet, at deres Livsvei var bleven dem beskikket ganske anderledes."

Den modige Dame skammede sig.

Der blev en Pause, under hvilken Frøken Ludvigsens Ord sænkede sig dybt i alles Hjerter. De følte alle, at dette var Sandheden, al Uro og Tvivl, som maaske kunde findes hos en og anden, forsvandt; og alle styrkedes i sin skjønne og urokkelige Tro paa den sande, den ægte, den rigtige Kjærlighed; thi de vare alle ugifte.

Balstemning

Ad de glatte Marmortrin var hun steget op uden Uheld, uden

Anstrængelse, alene baaret af sin store Skjønhed og sin gode Natur. Hun havde indtaget sin Plads i de Riges og Mægtiges Sale uden at have betalt Adgangen med sin Ære og sit gode Rygte. Og dog var der Ingen, som kunde sige, hvorfra hun var kommen; men der hviskedes om, at det var dybt nedefra.

Som et Hittebam i en Udkant af Paris havde hun hensultet sin Barndom i et Liv mellem Last og Armod, som kun de have Begreb om, der kjende det af Erfaring. Vi andre, der have vor Kundskab fra Bøger og Beretninger, maa tage Fantasien tilhjælp, for at faa en Ide om den arvelige Jammer i en stor By; — og endda er maaske de skrækkeligste Billeder, vi udmale os, blege mod Virkeligheden.

Det var igrunden kun et Tidsspørgsmaal, naar Lasten skulde gribe hende — som et Tandhjul griber den, der kommer for nær en Maskine —; for — efter at have hvirvlet hende rundt i et kort Liv af Skjendsel og Fornedrelse — med en Maskines ubønherlige Nøiagtighed at lægge hende af i en Krog, hvor hun ukjendt og ukjendelig kunde ende dette Vrængebillede af et Menneskeliv.

Da blev hun, som det undertiden hænder, „opdaget" af en rig og høitstaaende Mand, idet hun som fjortenaars Barn løb over en af de bedre Gader. Hun var paa Veien til et mørkt Bagværelse i Rue des quatre vents, hvor hun arbeidede hos en Madame, hvis Specialitet var Balblomster.

Det var ikke blot hendes overordentlige Skjønhed, der fængslede den rige Mand, men hendes Bevægelser, hendes Væsen og Udtrykket i disse halvfærdige Træk — alt syntes ham at tyde paa, at her førtes en Kamp mellem en oprindelig god Karakter og en begyndende Frækhed. Og da han besad den overflødige Rigdoms uberegnelige Luner, besluttede han at gjøre et Forsøg paa at redde det stakkels Barn.

Det var ikke vanskeligt at sætte sig i Besiddelse af hende, da hun ikke tilhørte nogen. Hun fik et Navn og blev anbragt i en af de bedste Klosterskoler; og hendes Velgjører havde den Glæde at iagttage, at de onde Spirer døde hen og forsvandt. Hun udviklede en elskværdig, lidt indolent Karakter, et feilfrit, roligt Væsen og en sjelden Skjønhed.

Da hun derfor blev voxen, giftede han sig med hende. De levede et meget godt og fredsommeligt Ægteskab. Uagtet den store Aldersforskjel havde han en ubegrændset Tillid til hende, og hun fortjente den.

Ægtefolk leve ikke saa nær indpaa hinanden i Frankrige som hos os; deres Fordringsfuldhed er derfor ikke saa stor og deres Skuffelser mindre.

Hun var ikke lykkelig, men tilfreds. Hendes Karakter egnede sig for Taknemlighed. Rigdommen kjedede hende ikke; tvertimod — den glædede hende mangengang paa en næsten barnagtig Maade. Men det anede Ingen; thi hendes Væsen var altid sikkert og værdigt. Man anede kun, at det ikke stod rigtigt til med hendes Oprindelse; men da Ingen svarede, holdt man op at spørge: man har saameget andet at tænke paa i Paris.

Sin Fortid havde hun glemt. Hun havde glemt den paa samme Maade som vi har glemt Roserne, Silkebaandene og de gulnede Breve fra vor Ungdom, fordi vi aldrig tænke paa dem. De ligge nedlaasede i en Skuffe, som vi aldrig aabne. Og dog — hænder det en enkelt Gang, at vi kaste et Blik i denne hemmelige Skuffe. da vilde vi strax mærke, om der manglede en eneste af disse Roser eller det allermindste Baand. Thi vi ønske det altsammen paa en Prik: Minderne ligge der lige friske — lige søde og lige bitre.

Saaledes havde hun glemt sin Fortid: laaset den ned og kastet Nøglen fra sig.

Men om Natten drømte hun undertiden skrækkelige Ting. Hun følte atter, hvorledes den gamle Hex, hos hvem hun havde boet, ruskede hende i Skulderen, for at jage hende afsted i den kolde Morgen til Madammen med Balblomsterne.

Da fór hun op i Sengen og stirrede ud i Mørket i den dødeligste

Angst. Men saa følte hun paa Silketseppet og de bløde Puder, hendes Fingre fulgte de rige Forsiringer paa hendes prægtige Seng; og idet smaa søvnige Englebørn langsomt trak det tunge Drømmetæppe tilside, nød hun i fulde Drag dette eiendommelige, usigelige Velbefindende, vi føle, naar vi opdage, at en ond og hæslig Drøm kun var en Drøm.

————————

Lænet tilbage i de bløde Hynder kjørte hun til det store Bal hos den russiske Ambassadeur. Jo nærmere man kom Maalet desto langsommere gik Farten, indtil Vognen naaede den faste queue, hvor det kun gik Skridt for Skridt.

Paa den store Plads foran Hotellet, der var rigt oplyst med Fakler og Gasflammer, havde der samlet sig en stor Mængde Mennesker. Ikke blot Spadserende, der vare blevne staaende, men hovedsagelig Arbeidere, Lediggjængere, fattige Fruentimmer og tvivlsomme Damer stode tæt sammenpakkede paa begge Sider af Vognrækken. Lystige Bemærkninger og ufine Vittigheder i det simpleste Parisersprog haglede ned over de fine Folk.

Hun hørte Ord, som hun ikke havde hart paa mange Aar, og hun rødmede ved Tanken om, at hun kanske var den eneste i hele den lange Vognrække, der forstod disse gemene Udtryk fra Paris's Bærme.

Hun begyndte at se paa Ansigterne omkring sig; hun syntes, hun kjendte dem alle. Hun vidste, hvad de tænkte, hvad der foregik i alle disse tæt sammenpakkede Hoveder, og lidt efter lidt strømmede en Hær af Erindringer ind paa hende. Hun værgede sig saa godt hun kunde; men hun kjendte sig ikke selv igjen denne Aften.

Altsaa havde hun ikke tabt Nøglen til den hemmelige Skuffe! modstræbende trak hun den ud, og Minderne overvældede hende.

Hun mindedes, hvor ofte hun selv — halvt Barn — med graadige Øine havde slugt de fine Damer, der kjørte pyntede til Baller eller Theatre; hvor ofte hun havde grædt i bitter Misundelse over de Blomster, hun møisommelig satte sammen, for at smykke andre. Her saa hun de samme graadige Øine, den samme uslukkelige, hadefulde Misundelse.

Og de mørke, alvorlige Mænd, der med et halvt foragteligt, halvt truende Blik mønstrede Ekvipagerne — hun kjendte dem alle.

Havde hun ikke selv som liden Pige ligget i en Krog og med opspilede Øine lyttet til deres Taler om Livets Uretfærdighed, om de Riges Tyranni, om Arbeiderens Ret, den han bare behøvede at udstrække Haanden, for at tage.

Hun vidste, at de hadede alt — ligefra de velnærede Heste og de høitidelige Kuske til de blanke, skinnende Kareter; men mest dem, der sad inden! — disse umættelige Vampyrer og disse Damer, hvis Smykker og Pynt kostede mere Guld end et helt Livs Arbeide indbragte en af dem.

Og idet hun betragtede Vognrækken, der langsomt bevægede sig gjennem Mængden, dukkede en anden Erindring op, et halvglemt Billede fra hendes Skoleliv i Klosteret.

Hun kom med ét til at tænke paa Fortællingen om Pharao, der med sine Stridsvogne vilde følge Jøderne gjennem det røde Hav. Hun saa Bølgerne, som hun altid havde forestillet sig røde som Blod, staa som en Mur paa begge Sider af Ægypterne.

Da lød Mose Røst, han udstrakte sin Stav over Vandene, og det røde Havs Bølger sloge sammen og opslugte Pharao og alle hans Vogne.

Hun vidste, at den Mur, der stod paa hver Side af hende, var vildere og rovgjerrigere end Havets Bølger; hun vidste, at der kun udfordredes en Røst, en Moses, for at sætte dette Menneskehav i Bevægelse, saa at det knusende væltede sig frem, overskyllende hole Rigdommens og Magtens Glands med sin blodrede Bølge.

Hendes Hjerte bankede, hun trykkede sig skjælvende ind i Hjørnet af Vognen. Men det var ikke af Angst, det var, forat de derude ikke skulde se hende; thi hun skammede sig for dem.

For første Gang i hendes Liv stod hendes Lykke for hende som en Uretfærdighed, som noget, hun skammede sig ved.

Var dette hendes Plads i den blede, elegante Ekvipage, blandt disse Tyranner og Blodsugere? Hørte hun ikke snarere til derude i den bølgende Masse blandt Hadets Børn?

Halvglemte Tanker og Følelser reiste sit Hoved som Rovdyr, der længe have været bundne. Hun følte sig fremmed og hjemløs i sit glimrende Liv, og med en Art demonisk Længsel mindedes hun de skrækkelige Steder, hvorfra hun var kommen.

Hun greb i sit kostbare Kniplingsshawl; der kom over hende en vild Trang til at ødelægge, til at rive noget istykker. — da dreiede Vognen ind under Hotellets Portal.

Tjeneren rev Døren op, og med sit velvillige Smil, sin rolige, aristokratiske Anstand, steg hun langsomt ned af Trinet.

En ung attachéagtig Skabning styrtede til og var lykkelig, da hun tog hans Arm, endnu mere henrykt, da han troede at bemærke en usædvanlig Glands i hendes Blik, men i den syvende Himmel, da han følte bendes Arm skjælve.

Fuld af Stolthed og Haab førte han hende med udsøgt Sirligbed op ad de glatte Marmortrin.

————————

— „Sig mig engang — skjønne Frue! hvad er det for en venlig Fe, der gav Dem denne vidunderlige Vuggegave, at der ved Dem og ved alt, hvad der vedrører Dem, skulde være noget Aparte. Om det saa ikke er andet end en Blomst i Deres Haar, saa har den en egen Cbarme, som om den var vædet af den friske Morgendug. Og naar De danser, er det som om Gulvet bølger og føier sig efter Deres Trin"

Greven var selv ganske forbauset over denne lange og vellykkede Kompliment; thi han havde ellers ikke let for at udtrykke sig i Sammenhæng. Han ventede ogsaa, at den smukke Frue vilde ytre sin Paaskjønnelse.

Men han blev skuffet. Hun lænede sig ud over Balkonen, hvor de ned Aftenkjøligheden efter Dansen, idet hun stirrede ud over Mængden og de endnu ankommende Vogne. Hun syntes slet ikke at have opfattet Grevens Bravour, derimod hørte han hende hviske det uforklarlige Ord: Pbarao.

Han vilde just til at beklage sig, da hun vendte sig om, og idet hun gjorde et Skridt mod Salen, standsede hun midt foran ham og saa paa bam med et Par store, forunderlige Øine, som Greven aldrig for havde seet.

„Jeg tror neppe, der var nogen venlig Fe — knapt nok nogen Vugge tilstede ved min Fødsel — Hr.Greve! Men i hvad De siger om mine Blomster og min Dans, har Deres Skarpsindighed gjort en stor Opdagelse. Jeg skal fortælle Dem Hemmeligheden ved den friske Morgendug, der væder Blomsterne. Det er Taarer — Hr. Greve! som Misundelse og Skjændsel, Skuffelse og Anger har grædt over dem. Og naar det synes Dem, at Gulvet bølger, mens vi danse, da er det, fordi det sitrer under Millioners Had."

Hun havde talt med sin sædvanlige Ro, og efter en venlig Hilsen forsvandt hun i Salen.

— Greven stod igjen ganske betuttet. Han kastede et Blik ud over Folkemassen. Det var et Syn, han ofte havde seet; han havde sagt mange daarlige og mindre gode Vittigheder om dette mangehodede Uhyre. Men først iaften faldt det ham ind, at dette Uhyre igrunden var den uhyggeligste Omgivelse, man kunde tænke sig for et Palais.

Fremmede og generende Tanker svirrede om i Hr. Grevens Hjerne, hvor de havde god Plads. Han var ganske kommen ud af Koncepterne, og det varede en hel Polka, inden han gjenvandt sin Stemning.

En Middag

Der var stor Middag hos Grossereren. Amtmanden havde holdt

en Tale for den hjemkomne Student — Husets ældste Søn, og Grossereren havde svaret med en Tale for Amtmanden; forsaavidt var alt godt og vel. Og dog kunde man se, at der var noget, som foruroligede Værten. Han svarede bagvendt, hældte Rhinskvin i Portvin og forraadte paa alle Maader, at hans Aand var fravaerende.

Han funderede nemlig paa en Tale, en Tale udenfor de reglementerede, og det var noget meget mærkeligt; for Grossereren var ingen Taler, og — hvad der var endnu mærkeligere, han vidste det selv.

Da han derfor nu langt ude i Maaltidet slog til Lyd og sagde, at der laa ham noget paa Hjerte, som han maatte faa udtale, mærkede alle strax, at noget usædvanligt forestod. Der blev pludseligt saa stille ved Bordet, at man hørte den livlige Passiar fra Damerne, der efter norsk Skik spiste i de tilstødende Værelser.

Endelig naaede ogsaa Tausheden dem, de trængte sig sammen i Døren for at høre. Kun Værtinden holdt sig tilbage, idet hun sendte sin Mand et bekymret Blik. „Ak, Herregud!" sukkede hun halvhøit, „nu gaar det vist galt for ham. Han har jo holdt alle sine Taler, hvad er det nu, han vil."

Og det begyndte heller ikke godt. Taleren stammede, kremtede og forvildede sig mellem de almindelige Skaaltalevendinger: „Jeg vil ikke undlade, at — hæ — det er mig en Trang at udtale, at, at — det vil sige, jeg vilde bede mine Herrer være mig behjælpelige med, at —"

Mine Herrer sad og stirrede ned i Glasset, rede til at tømme det ved den mindste Antydning til en Konklusion. Men der kom ingen.

Derimod kom Taleren sig.

Thi der laa ham virkelig noget paa Hjerte. Glæden og Stoltheden over Sønnen, der var kommen hjem Frisk og sund efter en respektabel Examen, Amtmandens smigrende Tale, Maden, Vinen, den festlige Stemning, — men dog først og sidst hans uskrømtede Fryd over den Førstefødte lagde ham Ordene i Munden. Og da han først var kommen over de fatale Indledningsfraser, gik det mere og mere flydende.

Det var en Skaal for Ungdommen. Taleren dvelede ved Ansvaret ligeoverfor Børnene, ved de mange Sorger, men ogsaa de mange Glæder, Forældrene have af dem. Han maatte stundom tale hurtigt, for ikke at blive rørt; thi han følte, hvad han sagde.

Og da han saa kom til de voxne Børn, da han tænkte sig den kjære Søn som Associé i Forretningen, Børnebørn og saa videre, fik hans Ord et Sving af Veltalenhed, som forbausede alle Tilhørerne; og det var hjerteligt Bifald, der hilsede Slutningen:

„Thi — mine Herrer! det er i disse Børn, vi ligesom fortsætte vor Tilværelse. Vi efterlade dem ikke blot vort Navn, men ogsaa vort Arbeide. Og vi efterlade dem dette, ikke forat de ørkesløse skulle nyde dets Frugter, men forat de skulle fortsætte det, udvide det, ja — gjøre det meget bedre end deres Fædre formaaede. Thi det er vort Haab, at den unge Generation maa tilegne sig Frugterne af Tidens Arbeide, maa befries for mange af de Fordomme, der har formørket Fortiden og tildels Nutiden, og vi ville ønske, — idet vi drikke Ungdommens Skaal —, at den gaaende stadig fremad maa blive sine Fædre værdig, ja — lad os sige det! — voxe dem over Hovedet.

Og kun, naar vi vide, at vi efterlade Slægtens Arbeide i dygtigere Hænder, kunne vi roligt imødese den Tid, da vi skulle forlade vort Dagværk, og da kunne vi trygt stole paa en lys og hæderfuld Fremtid for vort kjære Fædreland. Skaal for Ungdommen!"

Væertinden, der var traadt nærmere, da hun hørte, at det gik godt, var rørt og stolt over sin Mand, hele Selskabet var i en oplivet Stemning; men mest af alle glædede Studenten sig.

Han havde haft ligesom en liden Frygt for Faderen, hvis strængt patriarkalske Grundsætninger han kjendte. Nu hørte han jo, at den Gamle var yderst liberal mod Ungdommen, og han glædede sig ret til at ha tale med ham om alvorlige Ting.

Men foreløbig var der kun Tale om Spas, idet der i Anledning af Skaalen udspandt sig en af disse interessante Tischreden om, hvem der egentlig var ung og hvem gammel. Efterat man var kommen til det vittige Resultat, at de Ældste i Virkeligheden vare de Yngste, gik man til Dessertbordet, der var serveret inde hos Damerne.

Men hvor galante end Herrerne — især af den gamle Skole — ere mod det smukke Kjøn, formaar dog hverken kvindelig Elskværdighed eller den mest udsøgte Dessert at standse dem længe paa deres Vei til Røgeværelset. Og snart forkyndte den første Cigarduft, der er en saa stor Nydelse for Røgere, at den Proces var begyndt, der har skaffet vore Damer Ros for at være ganske indrøgede.

Studenten og et Par andre unge Herrer forbleve en Stund blandt de unge Damer — under stræng Bevogtning af de ældre —; men lidt efter lidt opsluges ogsaa de af den graa Sky, der betegnede den Vei, Fædrene havde taget.

Her i Røgeværelset førtes en meget livlig Samtale om et eller andet socialpolitisk Emne. Værten havde Ordet og støttede sin Opfatning med endel „historiske Fakta“, der imidlertid vare aldeles uefterrettelige. —

Hans Modstander — Overretssagføreren — sad just og glædede sig til at gjendrive disse faktiske Urigtigheder, da Studenten traadte ind.

Han kom netop tidsnok til at høre Faderens Bommert, og i sin festlige Stemning, i sin Glæde over den nye Opfatning af Faderen, han havde faaet efter Skaaltalen, sagde han muntert og ligefrem:

„Nei undskyld Far! deri tager du feil. Det forholder slig slet ikke som du siger — tvertimod.“ —

Længer kom han ikke; thi Faderen slog ham leende paa Skulderen: „Ei, ei! vil ogsaa du med Aviser skjæmte! — du maa ellers ikke forstyrre os, vi ere i en alvorlig Diskussion.“

Sønnen hørte en irriterende Fnisen ud af den graa Sky; dertilmed blev han ophidset ved det haanlige i, at hans Indblanding skulde anses som en Forstyrrelse i en alvorlig Samtale.

Han gav derfor et temmelig skarpt Svar.

Faderen, der strax mærkede Tonen, skiftede med en Gang Udtryk: „Er det dit Alvor, at du vil komme her og sige, at Din Far staar og vrøvler?"

„Det har jeg ikke sagt; jeg mente bare, at du tager feil —" —

„Ordene kan det være det samme med; men Meningen var der," sagde Grossereren, der begyndte at blive vred. Thi han hørte en Herre sige til sin Sidemand: „Det skulde bare have været i min Fars Tid."

Nu tog det ene Ord det andet, og Situationen blev yderst pinlig.

Fruen, der altid havde et Øre med Herrernes Samtale, da hun kjendte sin Mands Heftighed, kom strax ben i Døren:

„Hvad er det? — Adjunkt Hansen!"

„Aa — Deres Søn har forløbet sig en Smule," svarede denne.

„Mod sin egen Far! Herregud — han maa have druket formeget. Kjæere Hansen! se til at faa ham ud."

Adjunkten, der var mere velvillig end diplomatisk, og som desuden — hvilket er sjeldnere end man tror ved en gammel Lærer — var afholdt af sine forrige Disciple, gik hen og tog Studenten uden videre under Armen: „Kom skal vi To gaa os en Tur i Haven."

Den unge Mand vendte sig heftigt; men da han saa, at det var den gamle Lærer, og da han paa samme Tid fik et bønligt, bekymret Blik fra Moderen, lod han sig uden Modstand føre bort.

I Døren hørte han Sagføreren, som han aldrig havde kunnet fordrage, sige noget om Ægget, der vilde lære Hønen at værpe, hvilken Vittighed blev modtaget med stormende Latter. Der gik et Ryk i ham; men Adjunkten holdt godt fast, og ud kom de.

Det varede længe, inden den gamle Lærer kunde ha ham saavidt beroliget, at han blev modtagelig for Ræson. Skuffelsen og den bitre Fornemmelse af at være bleven uens med Faderen, og ikke mindst det krænkende i at være bleven behandlet som Dreng i saa

Manges Nærværelse, — maatte faa rase ud en Stund.

Men tilslut blev han rolig, satte sig hos sin gamle Ven, og denne forklarede ham nu, at det maatte være stødende for en ældre Mand at lade sig vise tilrette af et ganske ungt Menneske.

„Ja, men jeg havde Ret!" sagde Studenten vel for tyvende Gang.

„Godt, godt! men alligevel maa du ikke give dig Mine af at ville være klogere end din egen Far."

„Men Far sa' jo selv, at hban vilde have det saa!"

„Hvad bebager? naar har din Fader sagt det?" — Adjunkten begyndte næsten at tro, at Vinen var gaaet den unge Herre til Hovedet.

„Ved Bordet — i Talen!" raabte denne.

„Ved Bordet — ja! i Talen — ja! Men ser du, det er en helt anden Sag. Sligt lader sig vel sige — især i en Tale; men det er aldeles ikke Meningen, at det skal gjennemføres i Praxis. Nei, tro du mig — Gutten min! jeg er gammel, jeg kjender Menneskene. Det maa nu engang gaa saaledes til i Verden; vi ere ikke anderledes. I Ungdommen har man et eget Syn paa Livet; men unge Mand! det er ikke det rette. Først naar man er kommen tilro i en fremrykket Alder, ser man Forholdene i det sande Lys. Og — nu vil jeg sige dig noget, som du trygt kan stole paa. Naar du kommer i din Fars Aar og Stilling, ville dine Anskuelser blive ganske de samme som hans nu ere, og du vil ligesom han bestæbe dig for at hævde dem og indprente dem hos dine Børn.

„Nei aldrig! det sværger jeg," raabte det unge Menneske, idet han sprang op. Og nu talte han i glødende Ord om, at for ham skulde Ret altid være Ret, Respekt for Sandheden, hvorfra den saa kom, Respekt for Ungdommen og saa videre; — kort sagt, han talte som haabefulde Ynglinge pleie at tale efter en god Middag og en stærk Sindsbevægelse.

Han var smuk, der ban stod med Aftensolen over det blonde Haar og det begeistrede Ansigt vendt opad.

Der var i hele hans Skikkelse og i hans Ord noget henrivende, overbevisende, som ikke kunde undlade at gjøre Virkning; — det vil da sige, om nogen anden end Adjunkten havde seet og hørt ham.

Thi paa denne gjorde det ingensomhelst Virkning; han var jo gammel.

Det Skuespil, han idag havde været Vidne til, havde han seet mange Gange. Han havde selv sukcessive spillet begge Hovedrollerne; han havde seet mange Debutanter som Studenten og mange gamle Skuespillere som Grossereren.

Derfor rystede han paa sit ærværdige Hoved og sagde for sig selv:

„Ja, ja! det er altsammen godt nok. Men se kun til, jeg faar dog Ret: han der bliver akkurat som vi Andre.“

Og Adjunkten fik Ret.

To Venner

Ingen kunde begribe, hvor han fik sine Penge fra. Men den,

som mest forundrede sig over det flotte og overdaadige Liv, Alpbonse førte, var hans fordums Ven og Kompagnon.

Siden de ophævede Fællesforretningen var de fleste Kunder og de bedste Forbindelser lidt efter lidt gledne over i Charles's Hænder. Det var ikke, fordi denne paa nogen Maade søgte at gaa sin tidligere Kompagnon iveien — tvertimod; men det kom simpelthen af, at Charles i Virkeligheden var den dygtigste af de To. Og da Alphonse nu skulde arbeide paa egen Haand, viste det sig snart for den, der iagttog ham nøiere, at han tiltrods for sin Snarraadighed, sin Elskværdighed og sin vindende Person ikke duede til at staa i Spidsen for en selvstændig Forretning.

Og der var en, som iagttog ham nøie. Charles fulgte ham Skridt for Skridt med sine skarpe Øine: hvert Misgreb, hver Ødselhed, hvert Tab — alt vidste han paa en Prik, og han undrede sig over, at Alphonse kunde holde det saa længe gaaende.

— De vare saagodtsom opvoxede sammen. Deres Mødre vare Kusiner, og da Familieme havde boet nær ved hinanden i samme Gade — hvilket i en By som Paris er vel saa væsentligt for den nærmere Omgang som et Slægtskabsforhold — kom de ogsaa i den samme Skole.

Fra nu af var de uadskillelige under hole Opvæxten. Den gjensidige Tillempning overvandt de store Forskjelligheder, som oprindelig fandtes i deres Karakter, og tilslut passede deres Egenskaber ind i hinanden ligesom de kunstigt udskaarne Træstykker, hvoraf vi som Børn sammensætte smukke Billeder.

Og der var virkelig mellem dem et saa smukt Forhold, som man sjeldent ser mellem unge Mennesker; thi de opfattede ikke Venskabet som en Forpligtelse for den ene til at taale alt af den anden; men de syntes snarere at kappes i gjensidig Hensynsfuldhed.

Hvis imidlertid Alphonse i sit Forhold til Charles viste nogen høi Grad af Hensynsfuldhed, var han ialfald selv ganske uvidende derom, og om nogen havde sagt ham det, vilde han uden Tvivl have leet høit af en saa mislykket Kompliment.

Thi ligesom Livet i det hele taget syntes ham meget let og bentfrem, saaledes kunde det mindst af alt falde ham ind, at han ligeoverfor sin Ven havde nogensomhelst Tvang at paalægge sig. At Charles var hans bedste Ven, var ham en ligesaa naturlig Ting som, at han selv dansede bedst, red bedst, skjød bedst og at hele Verden overhovedet syntes ham ordnet paa det bedste.

Alphonse var et af de most forkjælede Lykkebørn; han kom til Alt uden Anstrængelse; Tilværelsen passede ham som en elegant Dragt, og han bar den med en saa utvungen Elskværdighed, at Menneskene glemte at misunde.

Og saa var han saa smuk at se paa. Han var høi og smekker; med brunt Haar og store, aabne Øine; Ansigtet var rent og glat, og hans Tænder skinnede, naar han lo. Han vidste godt, at han var vakker; men siden Alverden havde forkjælet ham fra hans tidligste Dage, var hans Forfængelighed bleven af en lystig, godmodig Art, som igrunden ikke var saa stødende. Han holdt overordentlig meget af sin Ven; han morede sig selv og stundom andre med at drille ham og gjøre sig lystig over ham. Men han kjendte saa nøie Charles's Ansigt, at han strax mærkede, naar han gik for vidt i Spøgen; saa slog han om i sin naturllge, godslige Tone, og saa fik han den alvorlige og noget tunge Charles til at le sig halvt fordærvet.

Charles havde fra Guttedagene beundret Alphonse over al Maade. Selv var han liden og uanseelig, stille og forknyt. Hans Vens glimrende Egenskaber kastede en Glands ogsaa over ham og gav hans Liv en vis Fart.

Moderen sagde ofte: „Dette Venskab mellem Gutterne er en sand Lykke for min stakkels Charles, ellers blev han vist helt tungsindig."

Naar Alphonse ved alle Leiligheder blev foretrukket, glædede Charles sig; han var stolt over sin Ven. Han skrev hans Stile, souflerede ham under Examinationen, bad for ham hos Lærerne og sloges for ham med Gutterne.

Ved Handelsakademiet gik det ligedan. Charles arbeidede for Alphonse, og Alphonse betalte med sin uudtømmelige Elskværdighed og sit uopslidelige Humør.

Da de senere som ganske unge Mennesker vare ansatte i det samme Bankierfirma, hændte det en Dag, at Principalen sagde til Charles: „Fra den første Mai vil jeg byde Dem forhøiet Gage."

„Jeg takker Dem," svarede Charles, „baade paa mine egne og paa min Vens Vegne."

„Monsieur Alphonse's Gage forbliver uforandret," sagde Chefen og skrev videre.

Charles glemte aldrig den Formiddag. Det var første Gang, han var bleven foretrukket og begunstiget fremfor sin Ven. Og det var i Henseende til merkantil Dygtighed, det Punkt, han som ung Handelsmand satte høiest, at han havde faaet dette prs, og det var Husets Chef, den store Bankier, der personlig havde ydet ham denne Paaskjønnelse.

Hvad han følte, var ham saa fremmed, at det næsten syntes ham som en Uret mod Vennen. Han fortalte ikke Alphonse noget om denne Begivenhed; derimod foreslog han, at de skulde søge to ledige Poster i „Crédit lyonnais".

Alphonse var strax villig. Thi han elskede Forandring, og det pragtfulde, nye Banketablissement ved Boulevarden, syntes ham langt mere tiltraskkende end de mørke Kontorer i Rue Bergère. Saa flyttede de til Crédit lyonnais den første Mai. Men da de vare inde i Chefens Kontor for at tage Afsked, sagde den gamle Bankier sagte til Charles, da Alphonse var gaaet ud (Alphonse gik altid først i Dørene): „Sentimentalitet duer ikke for en Forretningsmand."

Fra denne Dag af foregik der en Forandring med Charles. Han arbeidede ikke blot flittigt og samvittighedsfuldt som før, men han udviklede en Energi og en saa forbausende Arbeidskraft, at han snart tiltrak sig sine Overordnedes Opmærksomhed. At han var sin Ven langt overlegen i Forretningsdygtighed, kom snart for Dagen; men hver Gang han modtog et nyt Bevis paa Anerkjendelse, havde han en Kamp med sig selv. Enhver Forfremmelse havde længe en liden Bismag af ond Samvittighed, og dog arbeidede han videre med rastløs Iver.

Saa sagde Alphonse en Dag paa sin lette og aabne Maade: „Du er dog ret en flink Fyr — Charlie! du avancerer jo forbi baade Unge og Gamle — for nu ikke at tale om mig! — jeg er ganske stolt af dig."

Charles blev skamfuld. Han havde tænkt, at Alphonse vilde have følt sig saaret ved at blive tilsidesat, og nu erfarede han, at Vennen ikke blot indrømmede ham Forrangen, men endog var stolt af ham. Lidt efter lidt kom hans Sind mere i Ro, og hans solide Arbeide blev mere og mere paaskjønnet. —

— Men naar han nu i Virkeligheden var den dygtigste, hvorledes kunde det da hænge sammen, at han blev saa aldeles overseet i Livet, medens Alphonse forblev Alles Yndling. Selve de Forfremmelser og Beviser paa Anerkjendelse, han tilkjæmpede sig ved ihærdigt Arbeide, bleve ham ydede paa en tør Forretningsmaade, medens Alverden, fra Direktørerne til Budene havde et venligt Ord eller en munter Hilsen for Alphonse.

I de forskjellige Kontorer og Afdelinger af Banken blev der drevet Intriger, for at komme i Besiddelse af Monsieur Alphonse; thi der fulgte altid et Pust af Liv og Friskhed med hans smukke Skikkelse og glade Sind. Charles havde derimod ofte mærket, at hans Kolleger betragtede ham som en tør Person, der kun tænkte paa Forretningen og sig selv.

Og han havde dog et Hjerte, fintfølende som faa; men han havde ikke Evnen til at skaffe det Udtryk.

Charles var af disse smaa, sorte Franskmend, hvis Skjeg begynder at gro strax nedenfor Øinene; Ansigtsfarven var gulagtig og Haaret stivt og fliset. Hans Øine udvidede sig ikke naar han var glad og oplivet; men de fór omkring og glimtede. Lo han, trak Mundvigerne sig opad, og mangengang, naar bans Hjerte var fuldt af Glæde og Velvilje, havde han seet Menneskene trække sig halvrædde tilbage for hans frastødende Ydre. Den eneste, der kjendte ham saa godt, at han ikke syntes at se hans Hæslighed, var Alphonse; men alle de andre misforstod ham; han blev mistænksom og indesluttede sig mere og mere i sig selv.

I et umærkeligt crescendo øgede den Tanke hos ham: hvorfor skulde han aldrig opnaa noget af det, han trængte mest til: en venlig og hjerteiig Omgang og en Imødekommenhed, der kunde svare paa den Varme, han stengte inde hos sig selv; hvorfor smilede Alverden til Alphonse med fremstrakte Hænder, medens han maatte nøie sig med stive Buk og kolde Øine.

Alphonse vidste om Ingenting. Han var glad og sund; henrykt over Livet og tilfreds med Forretningen. Man havde anbragt ham i den letteste og mest underholdende Branche, og med sit kvikke Hoved og sit Talent til at omgaaes Mennesker, udfyldte han fuldkomment sin Plads.

Hans Omgangskreds var meget stor; alle Mennesker satte Pris paa hans Bekjendtskab, og han var ligesaa godt ligt af Kvinder som af Mænd.

Charles fulgte en Stund med i de Kredse, der aabnede sig for Alphonse, indtil han fik en Mistanke om, at han kun indbades for sin Vens Skyld, saa trak han sig tilbage. —

— Dengang Charles foreslog, at de skulde etablere en Forretning sammen, havde Alphonse svaret: „Du er altfor god, at du vælger mig. Det vilde ikke falde dig vanskeligt at finde en meget dygtigere Kompagnon.“

Charles havde tænkt, at de forandrede Forhold og det nærmere Samarbeide skulde trække Alphonse ud af den Omgangskreds, som Charles nu ikke kunde udstaa, og binde dem nøiere sammen. Thi han havde faaet en ubestemt Frygt for at miste sin Ven.

Han vidste ikke selv, og det skulde heller ikke være let at afgjøre, om han var skinsyg paa alle de Mennesker, der flokkedes om Alphonse og trak ham til sig, eller om han var misundelig paa sin Ven for den Lykke, han gjorde.

— De begyndte sin Forretning forsigtigt og energisk, og det gik dem godt.

Det var den almindelige Mening om dem, at de paa en heldig Maade supplerede hinanden. Charles repræsenterede det solide tillidvækkende Element, medens den smukke og elegante Alphonse meddelte det unge Firma en vis Glands, der ikke havde saa lidet Værd.

Enhver, der traadte ind i Kontoret, blev strax opmærksom paa hans statelige Skikkelse, og det faldt ligesom af sig selv, at Alle henvendte sig til ham.

Charles bøiede sig over sit Arbeide og lod Alphonse føre Ordet. Naar saa denne spurgte ham om noget, svarede han kort og stille uden at se op.

Derfor troede de Fleste, at Charles var en høitbetroet Kommis, medens Alphonse var Husets egentlige Chef.

Som Franskmænd tænkte de ikke meget paa at gifte sig; men som unge Parisere førte de et Liv, hvori det erotiske spillede en stor Rolle.

Alphonse var egentlig først i sit Element, naar han var sammen med Damer. Da kom hele hans lystige Elskværdighed til sin Ret, og naar han bøiede sig bagover ved Soupéen og rakte sit flade Champagneglas ud mod Tjeneren, var han saa skjøn som en lykkelig Gud.

Han havde en Nakke af det Slags, som Kvinderne fik Lyst til at ruske i; og hans bløde, halvkrøllede Haar saa ud somom det var bleven ordnet skjødesløst eller derangeret med Omhu af en koket Damebaand.

Der havde ogsaa faret mange fine hvide Fingre gjennem disse Lokker; thi Alphonse havde ikke blot den Egenskab, at Kvinderne elskede ham; men han besad den endnu sjeldnere Gave, at de tilgav ham.

Naar Vennerne vare sammen i glade Aftenselskaber, gav Alphonse aldrig synderlig Agt paa Charles. Han holdt ikke Regnskab med sine egne Forelskelser og endnu mindre med sin Vens. Derfor kunde det vel hænde en og anden Gang, at en Skjøenhed, som Charles havde kastet sine Øine paa, faldt i Hænderne paa Alphonse.

Charles var vant til at se sin Ven foretrukken i Livet; men der gives enkelte Ting, som Mandfolkene have svært ved at vænne sig til. Han gik sjelden med til Alphonses Soupéer, og det varede altid længe, inden Vinen og den almindelige Munterhed kunde bringe ham i Stemning.

Men da — naar Champagnen og de smukke Øine steg ham til Hovedet, blev han gjerne den galeste af alle; saa sang han høit med sin haarde Stemme, lo og gestikulerede, saa at det stive, sorte Haar faldt ham ned over Panden, og da flygtede de muntre Damer og kaldte ham: Skorstensfeieren.

— Naar Skildvagten gaar op og ned i den beleirede Fæstning, hører han stundom en underlig Lyd i den stille Nat, som om noget puslede under hans Fødder. Det er Fienden, som har underminneret Udenværket, og inat eller næste Nat vil der lyde et dumpt Knald og bevæbnede Mænd ville styrte ind gjennem Breschen.

Dersom Charles havde holdt nøie Vagt over sig selv, vilde han have hørt tinderlige Tanker pusle i sit Indre. Men han vilde ikke høre; han havde bare en dunkel Forudfølelse af, at noget maatte springe.

— Og en Dag sprang det.

Det var allerede efter Forretningstid; Personalet havde forladt det ydre Kontor, kun Principalerne vare tilbage.

Charles skrev ivrigt paa et Brev, som han vilde have ferdigt, før han gik.

Alphonse havde trukket begge sine Handsker paa og knappet dem. Derpaa havde han børstet sin Hat saa den skinnede, og nu gik han frem og tilbage paa Gulvet og kigede i Charles's Brev, hvergang han gik forbi Pulten.

De pleiede hver Dag at tilbringe en Timestid før Middagen i en Café ved den store Boulevard og Alphonse begyndte at længes efter sine Aviser.

„Bliver du da aldrig færdig med det Brev!" sagde han lidt ærgerlig.

Charles taug et Secund eller to; men saa sprang han op, saa at

Stolen faldt om: Kanske Alphonse indbildte sig, at han kunde gjøre det bedre? vidste han ikke, hvem der egentlig var den dygtigste i Forretningen? — og nu strømmede Ordene ud med den utrolige Hurtighed, som det franske Sprog kan faa, naar det føres i heftig Lidenskab.

Men det var en grumset Strøm; den førte med sig mange stygge Ord, Bebreidelser og Beskyldninger, og gjennem det Hele lød der ligesom en tilbagetrængt Hulken.

Mens han løb op og ned ad Gulvet med knyttede Hænder og Haaret i Uorden, lignede Charles en liden ragget Terrier, der bjæffer ad en fin italiensk Vindhund. Tilslut greb han sin Hat og løb ud.

Alphonse havde seet paa ham med store, forundrede Øine. Da han var borte og der blev stille i Værelset, var det somom Luften endnu dirrede efter de heftige Ord. Et for et dukkede de from for Alphonse, medens han stod ubevægelig ved Pulten.

Om han ikke vidste, hvem der var den dygtigste? — jo isandhed! han havde jo aldrig nægtet, at Charles var ham langt overlegen.

Han maatte ikke tro, at det skulde lykkes ham at tilrane sig alt med sit glatte Ansigt. — Alphonse var sig ikke bevidst, at han nogensinde havde berøvet sin Ven noget.

„Jeg biyder mig ikke om dine Cocotter," havde Charles sagt.

Skulde han virkelig have følt nogen Interesse for den lille spanske Danserinde? — ja, havde Alphonse bare havt nogen Anelse derom, skulde han vist ikke have seet paa hende. Men det var da heller ikke noget at blive saa gal over; der er jo Fruentimmer nok i Paris.

Og saa tilslut: „Imorgen den Dag ophæver jeg Kompagniskabet."

Alphonse begreb slet ikke det Hele. Han forlod Kontoret, og gik grublende gjennem Gaderne, indtil han traf en Bekjendt. Derved kom han i andre Tanker; men hele Aftenen havde han den Fornemmelse, at noget tungt, uhyggeligt laa paa Lur efter ham, færdig til at gribe ham, saasnart han blev alene.

Da han kom hjem udpaa Natten, fandt han et Brev fra Charles. Han aabnede det hurtigt; men det indeholdt, istedetfor den Undskyldning, han havde ventet, kun en Opfordring i kolde Ord til Monsieur Alphonse om at møde tidligt i Kontoret den næste Morgen, „forat den aftalte Deling af Firmaet kunde iværksettes saa hurtigt som muligt."

Nu først begyndte det at gaa op for Alphonse, at Scenen i Kontoret havde været mere end et forbigaaende Udbrud af Hidsighed; men Sagen blev derved end mere uforklarlig.

Og jo længer han tænkte derover, desto uretfærdigere syntes han, Charles havde været mod ham. Han havde aldrig været vred paa sin Ven, og han var det egentlig ikke nu heller. Men ved at gjentage for sig selv alle de Fonærmelser, Charles havde udøst over ham, forhærdede han sit godmodige Hjerte; og den næste Morgen indtog han sin Plads i Taushed efter et koldt Godmorgen.

Uagtet han kom en hel Time tidligere end han pleiede, kunde han dog mærke, at Charles allerede havde arbeidet længe og flittigt. De sad nu hver paa sin Side af Pulten; de talte kun de nødvendigste Ord; et og andet Papir gik fra Haand til Haand, men de saa hinanden aldrig i Øinene.

Saaledes arbeidede de begge — den ene ivrigere end den anden, indtil Klokken tolv — deres almindelige Frokosttid.

Den Time, i hvilken de spiste Frokost, var begges Yndlingstid. De havde for Skik at lade Frokosten servere i Kontoret, og idetsamme den gamle Madame, der besørgede Kontorets Rengjøring og Principalernes Frokost, meldte, at Dejeuneren var ferdig, reiste de sig begge paa en Gang, selv om de vare midt i en Sætning eller en Beregning.

De spiste da staaende ved Kaminen eller gaaende op og ned i det lune, hyggelige Kontor; Alphonse havde altid nogle pikante Historier at berette, og Charles lo; det var hans lykkeligste Timer.

Men da Madame idag sagde sit venlige: „Mine Herrer! der er serveret!" bleve de begge siddende. Hun gjorde store Øine og gjentog Ordene, idet hun gik ud; men Ingen rørte sig.

Endelig blev Alphonse sulten, Han gik Hen til Bordet, skjænkede sig et Glas Vin og begyndte at spise sin Cotelette. Men som han nu stod der og tyggede med Glasset i Haanden, og saa sig om i det kjære Kontor, hvor de havde havt saamangen glad Stund, og han saa tænkte paa, at de skulde give slip paa alt dette og gjøre sig Livet saa surt for en Grille, et pludseligt Anfald af Hidsighed, saa forekom den hele Situation ham med en Gang saa bagvendt, at han nær var begyndt at le høit.

„Hør du, Charles!" sagde han i den halvt alvorlige, halvt spøgende Tone, som altid pleiede at bringe Charles i Latter, „det bliver igrunden underligt at avertere: Efter venskabelig Overenskomst er Dags Dato Firmaet" — —

„Jeg har tænkt," afbrød Charles roligt, „at vi sætter: efter fælles Overenskomst."

Alphonse lo ikke mere; han satte Glasset fra sig, og Coteletten blev bitter i hans Mund.

Han forstod, at Venskabet var dødt mellem dem, hvorledes og hvorfor var ham uklart; men han syntes, at Charles var haard og uretfærdig mod ham. Han blev da endnu stivere og koldere end den Anden.

De arbeidede sammen, indtil Forretningen var delt; og saa skiltes de.

———————

Der var gaaet en rum Tid, og de to fordums Venner arbeidede hver paa sin Kant i det store Paris. De mødtes paa Børsen, men de gjorde aldrig Forretninger med hinanden. Charles arbeidede aldrig imod Alpbonse: han vilde ikke ødelægge ham; han vilde, at Alphonse skulde ødelægge sig selv.

Og det saa ud til, at Alphonse vilde føie sin Ven heri. Vistnok gjorde han nu og da en god Forretning; men det solide Arbeide, han havde lært hos Charles, glemte han snart. Han begyndte at negligere sit Kontor og tabte flere gode Forbindelser.

Han havde altid havt Sands for et komfortabelt og luxuriøst Liv; men hans Samvær med den nøgterne Charles havde hidtil holdt hans flotte Lyster itømme. Nu derimod blev bans Liv mere og mere overdaadigt, han fik stedse flere Bekjendtskaber, var mer end nogensinde den glimrende og søgte Monsieur Alphonse; men Charles holdt Øie med den øgende Gjæld.

Han lod Alphonse iagttage saa nøie, som det lod sig gjøre, og da deres Forretninger vare af samme Art, kunde ban ialfald nogenlunde beregne den Andens Indtægter. Udgifterne vare lettere at kontrollere, og han kom snart underveir med, at Alphonse begyndte at ha adskillig Gjæld paa forskjellige Steder.

Han vedligeholdt enkelte Bekjendtskaber, som han ellers ikke brød sig om, bare fordi ban gjennem dem fik Indblik i Alphonses kostbare Hushold og ubetænksomme Ødselhed. Han søgte de samme Caféer og Restaurationer som Alphonse, men til andre Tider; ja han lod endog sine Klæder sy hos Alphonses Skrædder, fordi den snakkesalige lille Herre underholdt ham med Beklagelser over, at Monsieur Alphonse aldrig betalte hans Regninger.

Charles tænkte mangengang paa, hvor let det vilde være, at opkjøbe en Del Fordringer paa Alphonse og lade dem komme i Hænderne paa en haardhudet Aagerkarl. Men man vilde gjøre Charles stor Uret, om man troede, at han et Øieblik tænkte paa selv at gjøre noget saadant. Det var blot en Tanke, han yndede at tænke; han var ligesom forelsket i Alphonses Gjæld.

Men det gik saa langsomt, og Charles blev bleg og gusten, medens han gik og ventede.

Han ventede paa det Øieblik, da alle disse Mennesker, der altid havde overseet ham, skulde faa Øinene op for, hvor lidet denne glimrende og forgudede Alphonse i Virkeligheden duede. Han vilde se ham ydmyget, forladt af sine Venner, ensom og fattig og saa —

Ja længer holdt han ikke af at tænke; thi der rørte sig paa dette Punkt nogle Følelser i hans Indre, som han ikke vilde være ved.

Han v i l d e hade sin fordums Ven, han vilde have Hævn over al den Kulde og Tilsidessættelse, der havde fulgt ham selv i Livet; og hvergang en liden Tanke begyndte et Forsvar for Alphonse, skjød han den tilside og sagde som den gamle Bankier: Sentimalitet duer ikke for en Forretningsmand.

En Dag gik han ind til sin Skrædder; han brugte idethele flere Klæder i denne Tid end han strængt taget behøvede.

Den lille vevre Mand løb ham strax imøde med en Rulle Tøi: „Se her er just et prægtigt Stof for Dem. Monsieur Alphonse lader sig gjøre en hel Dragt deraf — og Monsieur Alphonse er en Herre, der forstaar at klæde sig."

„Jeg troede ellers ikke," sagde Charles en Smule overrasket, „at Monsieur Alphonse hørte til Deres yndede Kunder."

„O min Gud!" raabte den lille Skrædder, „De mener, fordi jeg et Par Gange har omtalt, at Monsieur Alphonse skyldte mig nogle tusinde Francs? Det var meget dumt af mig at udtale mig saaledes. Monsieur Alphonse har ikke alene betalt mig den Smule jeg havde tilgode, men jeg ved ogsaa, at han har tilfredsstillet en hel Del andre Kreditorer, som jeg kjender. Jeg har gjort den kjære, smukke Herre stor Uret, og jeg beder Dem indstændigt, at De aldrig lader Dem forlyde med min Betise."

Charles hørte ikke mere efter, hvad den snaksomme Skrædder pludrede. Han forlod snart Butiken og gik opad Gaden, ganske optaget af den ene Tanke, at Alphonse havde betalt.

Han tænkte paa, hvor taabeligt det igrunden var af ham at gaa saaledes og vente paa den Andens Ruin. Hvor let kunde ikke den kvikke og heldige Alphonse træffe op i mangen glimrende Forretning og tjene mange Penge, uden at Charles fik vide et Ord derom. Kanske gik det ham, naar alt kom til alt, godt, kanske skulde det ende med, at Folk vilde sige: Se nu først viser Monsieur Alphonse, hvad han duer til, efterat han blev fri for sin tunge og tvære Kompagnon!

Charles gik langsomt opad Gaden med bøiet Hoved; han fik mange Puf, men han ændsede det ikke. Han syntes, hans Liv var saa meningsløst; som om han havde mistet alt, hvad han havde eiet, — eller havde han selv kastet det fra sig? Da fik han et mere end almindelig stærkt Puf. Han saa op; det var en Bekjendt fra den Tid, da han og Alphonse havde været ansatte i Crédit lyonnais.

„Ih — se Goddag, Monsieur Charles!" raabte denne, „længe siden vi saaes. Ellers underligt nok, at jeg skulde træffe Dem idag.

Tænkte netop paa Dem iformiddags."

„I hvilken Anledning? om jeg tør spørge," sagde Charles halvt adspredt.

„Jo — ser De! Saa just idag oppe i Banken et Papir — en Vexel paa 30 à 40 000 Francs, hvorpaa baade Deres og Monsieur Alphonses Navn. Forbausede mig, troede, at Herrerne — hm! vare færdige med hinanden."

„Nei — vi ere ikke rigtigt ferdige med hinanden," sagde Charles langsomt.

Han bestræbte sig af al Magt for at holde sit Ansigt iro, og han spurgte i en Tone, saa naturlig som han kunde faa den: „Naar forfalder Vexelen? — jeg mindes ikke rigtig." —

„Imorgen eller iovermorgen, — tror jeg," svarede den Anden, der var en ivrig Forretningsmand og allerede stod paa Sprang til at tage Afsked; — „det var Monsieur Alphonses Accept."

„Jeg ved det," sagde Charles, „men kunde De ikke lage det saa, at jeg fik indløse Vexelen imorgen. Det er en Høflighed — en Imødekommenhed, jeg gjerne vilde vise —"

„Med Fornøielse! lad Deres Bud søge mig personlig i Banken imorgen Eftermiddag. Jeg skal arrangere det Hele — intet er lettere! Undskyld, Hastværk, Farvel!" — dermed løb han videre. —

— Den næste Dag sad Charles i sit Kontor og ventede paa Budet, der var oppe i Banken for at indløse Alphonses Accept.

Endelig traadte en Kommis ind, han lagde et sammenlagt blaat Papir ved Siden af Principalen, og gik igjen.

Først da Døren var lukket, greb Charles Vexelen, saa sig hurtigt om i Værelset og aabnede den. Han stirrede et Par Secunder paa sit Navn, derpaa lagde han sig tilbage i Stolen og pustede dybt ud. Det var som han havde tænkt, Underskriften var falsk.

Han bøiede sig atter forover. Længe sad han og betragtede sit eget Navn og iagttog, hvor slet det var efterskrevet.

Mens hans skarpe Øie fulgte hver Linie i Navnetrækket, tænkte han neppe. Hans Sind var saa oprørt, og saa forunderligt vare hans Følelser blandede, at det varede en Tid, inden han blev sig bevidst, hvormeget de fortalte, disse famlende Skrifttræk paa det blaa Papir.

Han blev saa underlig tyk i Halsen, det kildrede ham lidt i Næsen, og før han vidste et Ord deraf, faldt der en stor Taare paa Papiret.

Han saa sig hurtigt om, tog sit Lommetørklæde og viskede omhyggeligt den vaade Plot af Vexelen. Han tænkte atter paa den gamle Bankier i Rue Bergère.

Hvad vedkom det egentlig ham, at Alphonses svage Karakter nu endelig havde gjort ham til Forbryder; og hvad havde han tabt? Intet, thi han hadede jo sin fordums Ven. Ingen kunde sige, at han var Skyld i, at Alphonse var gaaet tilgrunde; han havde jo delt ærligt og aldrig skadet ham.

Saa tænkte han paa Alphonse. Han kjendte ham godt nok til at vide, at naar den fine, rene Alphonse var sunket saa dybt, maatte han være kommen ud paa en Odde af Livet, færdig til at springe ud af det, før Skjsædselen kunde naa ham.

Ved denne Tanke fór Charles op. Det maatte ikke ske. Alphonse skulde ikke faa Tid til at jage sig en Kugle gjennem Hovedet, og skjule sin Skam i den Blanding af Medlidenhed og hemmelihhedsfuld Gru, der følger Selvmorderen. Saa fik han jo ingen Revanche, saa var det jo spildt, at han havde gaaet og næret sit Had, til han selv var bleven ond derved. Havde han for bestandig mistet sin Ven, saa vilde han ialfald blotte sin Fiende, saa skulde de Alle se, hvilken elendig, foragtelig Karl han var, denne fortryllende Alphonse.

Han saa paa Uhret, Klokken var halv fem. Charles vidste, i hvilken Café han kunde træffe Alphonse ved denne Tid; han stak Vexelen til sig og knappede sin Frak.

Men paa Veien vilde han gaa indom i et Politibureau, overgive Vexelen til en civil Betjent, og saa skulde denne paa et Tegn fra Charles pludselig træde frem midt i Caféen, hvor Alphonse altid var omgivet af sine Venner og Beundrere, og sige det høit og tydeligt, saa Alle kunde here det:

Monsieur Alphonse! De er anklaget for Bedrageri!

––––––––––

Der var Regnveir i Paris. Hele Dagen havde været taaget og raakold; men udpaa Eftermiddagen var det begyndt at regne. Det var ikke Øsregn; Vandet faldt ikke fra Skyerne i ordentlige Draaber; men selve Skyen havde ligesom lagt sig ned i Paris's Gader og forvandlede sig der langsomt til Vand.

Hvorledes man end søgte at beskytte sig, blev man lige vaad paa alle Kanter. Fugtigheden listede sig ind bag i Nakken, lagde sig som en vaad Serviet om Knærne, trængte ind i Støvlerne og langt opover Benklæderne.

Enkelte sangvinske Darner stode halt opskjørtede i Portrummene og ventede paa Ophold, andre ventede i timevis ved Omnibusstationerne. Men de fleste Mandfolk kavede afsted under sine Paraplyer; kun faa havde været saa fornuftige at opgive det Hele, de havde slaaet Kraven op, stukket Paraplyen under Armen og Hænderne i Lommen.

Uagtet det var tidligt paa Høsten, var det allerede halvmørkt Klokken fem. Et enkelt Gasblus tændtes i de trangeste Gader, og en og anden Butik prøvede at straale ud i den tykke, vaade Luft.

Menneskene vrimlede som sædvanligt i Gaderne, skubbede hverandre ned af Trottoiret og ødelagde hverandres Paraplyer. Alle Droscher vare optagne; de tór afsted og tilstænkede Fodgjængerne efter bedste Evne, medens Asphalten glinsede i den matte Belysning med et seigt Overtræk af Søle.

Caféerne vare overfyldte; Stamgjæsterne gik omkring og skjændte, og Opvarterne løb mod hinanden af Hastværk. Midt i Forvirringen hørte man den skarpe, lille Lyd fra Klokken paa Buffeten; la dame du comptoir kaldte paa en Opvarter, medens hendes rolige Øine førte Opsyn med hele Caféen.

Der sad en Dame ved Buffeten i en stor Restaurant ved Boulevard Sebastopol. Hun var viden bekjendt for sin Dygtighed og sit elskværdige Væsen.

Hun havde blankt, sort Haar, som hun tiltrods for Moden

havde skilt ad midt i Panden i naturlige Bukler. Hendes Øine vare næsten sorte og Munden fyldig, med en liden Skygge af en Moustache.

Hendes Figur var endnu meget smuk, skjønt hun vel kanske i al Stilhed havde passeret Trediveaaret, og hun havde en blød liden Haand, hvormed hun skrev sirlige Tal i sin Kassebog og nu og da en liden Billet. Madame Virginie kunde konversere de unge Lapse, der altid hang omkring Buffeten, og afparere deres Vittigheder, medens hun holdt Regnskab med Opvarterne og passede paa hver Krog af det store Rum.

Egentlig smuk var hun kun fra fem til syv om Eftermiddagen — det var den Tid, i hvilken Alphonse regelmæssigt gjæstede Caféen. Da veg hendes Øine ikke fra ham, hun fik friskere Farve, Munden stod færdig til Smil og der kom noget nervøst i hendes Bevægelser. Det var den eneste Tid paa Dagen, hvor det kunde hænde, at hun gav et forkert Svar eller gjorde en Regnefeil, og Opvarterne fniste og puffede hinanden i Siden.

Thi man mente ialmindelighed, at hun før havde staaet i Forhold til Alphonse, og nogle vilde endog vide, at hun fremdeles var hans Maitresse.

Hun vidste bedst selv, hvorledes det hang sammen; men det var umuligt at være vred paa Monsieur Alphonse. Hun vidste godt, at han ikke brød sig mere om hende end om tyve andre, at hun havde mistet ham, ja at hun egentlig aldrig havde eiet ham. Og dog tiggede hendes Øine om et venligt Blik, og naar han forlod Caféen uden at sende hende en fortrolig Hilsen, var det som om hun falmede, og Opvarterne sagde til hverandre: Se Madame — iaften er hun graa. —

— Henne ved Vinduerne kunde man endnu se nok til at læse Aviserne; et Par unge Mennesker morede sig med at iagttage Mængden, der strømmede forbi. Naar man gjennem de store Speilglasruder saa alle de travle Skikkelser, der gled forbi hverandre i den tette, vaade Regnluft, lignede de Fisk i et Akvarium. Længer inde i Caféen og over Billarderne var Gassen tændt. Alphonse gik og spillede med et Par Venner.

Han havde været ved Buffeten og hilst paa Madame Virginie, og hun, der længe havde lagt Mærke til, hvorledes Alphonse blev blegere Dag for Dag, havde halvt i Spøg, halvt bekymret bebreidet ham hans letsindige Liv.

Alphonse svarede med en mat Spøg og bad om Absinth.

Hvor hun hadede disse lette Damer fra Balletten og Operaen, der lokkede Monsieur Alphonse til at sværme Nat efter Nat ved Spillebordet eller ved endeløse Soupéer. Hvor han saa daarlig ud i de sidste Uger; han var bleven ganske mager, og de store milde Øine havde faaet et stikkende, uroligt Blik. Hvad vilde han ikke give, for at kunne trække ham ud af det Liv, der ødelagde ham; hun saa i Speilet ligeoverfor og syntes, hun var smuk nok.

Af og til gik Døren op og en ny Gjæst kom ind, trampede med Fødderne og slog den vaade Paraply sammen. Alle bukkede for Madame Virginie, og næsten alle sagde: Hvilket afskyeligt Veir!

Da Charles traadte ind, hilste han kort og tog Plads henne ved Kaminen.

Alpbonses Øine vare virkelig blevne urolige; han saa mod Døren, hvergang Nogen kom, og da Charles viste sig, gik der en Trækning over hans Ansigt, og han stødte feil.

„Monsieur Alphonse er ikke i Stødet idag," sagde en Tilskuer.

Lidt efter traadte en fremmed Herre ind. Charles saa op fra sin Avis og bukkede let; den Fremmede trak sine Øienbryn en liden Smule iveiret og saa paa Alphonse.

Denne tabte sin queue paa Gulvet.

„Undskyld, mine Herrer! jeg er slet ikke oplagt til at spille Billard idag," sagde han, „tillad, at jeg bryder af. — Opvarter! bring mig en Flaske Seltersvand og en Ske, — jeg maa tage min Dosis Vischy-Salt"

„De skulde ikke bruge saa meget Vischy-Salt — Monsieur Alphonse! men heller holde en fornuftig Diet," sagde Doktoren, der sad et Stykke borte og spillede Schak.

Alphonse lo og satte sig ved Avisbordet. Han greb Journal

amusant og begyndte at gjøre lystige Bemærkninger over Illustrationerne. Der samlede sig snart en liden Kreds omkring ham, og han var uudtømmelig i pikante Historier og snurrige Indfald.

Alt imedens han saaledes lod Munden løbe under de Andres Latter, skjænkede han sig et Glas Seltersvand og fremtog derpaa en liden Æske, hvorpaa stod skrevet med store Bogstaver: Vischy-Salt.

Han rystede Pulveret ud i Glasset og rørte om med Skeen. Der var lidt Cigaraske paa Gulvet foran Stolen, han slog den væk med Lommetørklædet, derpaa rakte han efter Glasset.

Idetsamme kjendte han en Haand paa sin Arm. Charles havde reist sig og var hurtigt gaaet over Gulvet; han bøiede sig nu ned over Alphonse.

Denne vendte sit Hoved mod ham, saaledes at Ingen uden Charles kunde se hans Ansigt. Først famlede han med Øinene opover sin gamle Vens Skikkelse; men saa slog han dem fuldt op, og idet han fæstede dem paa Charles, sagde han halvhøit: „Charlie!"

Det var længe siden Charles havde hørt det gamle Kjælenavn. Han stirrede ind i det velkjendte Ansigt, og først nu saa han, hvormeget det var forandret paa det sidste. Det var ham, som om han læste en sørgelig Historie om sig selv.

Et Par Secunder stod de saaledes, og over Alphonses Træk gled der et Udtryk af Hjælpeløshed og Bønfaldelse, som Charles kjendte saa godt fra Skoledagene, naar Alphonse kom springende i sidste Øieblik og skulde have sin Stil skrevet.

„Er du færdig med Journal amusant?" spurgte Charles med tykt Mæle.

„Ja væsrsaagod!" svarede Alphonse hurtigt. Han rakte ham Bladet og fik idetsamme fat i Charles's Tommelfinger. Han kneb den og hviskede: „Tak!" — derpaa tømte han Glasset.

Charles gik hen til den fremmede Herre, der sad ved Døren: „Giv mig Vexelen."

„De har altsaa ikke Brug for vor Assistance?"

„Nei Tak."

„Saameget desto bedre," sagde den Fremmede og rakte Charles et sammenlagt blaat Papir; derpaa betalte han sin Kaffe og gik. —

— Madame Virginie reiste sig med et lidet Skrig: „Alphonse! — o min Gud! Monsieur Alphonse er syg."

Han gled ned af Stolen, Skuldrene skjød sig op, og Hovedet faldt til den ene Side. Han blev siddende paa Gulvet med Ryggen mod Stolen.

Der blev Bevægelse blandt de nærmeste; Doktoren sprang til og lagde sig paa Knæ. Da han saa Alphonse i Ansigtet, studsede han lidt. Han tog hans Haand, som for at føle Pulsen, og bøiede sig idetsamme hen over Glasset, der stod paa Kanten af Bordet.

Med en liden Haandbevægelse stødte han til det, saa at det faldt paa Gulvet og knustes. Derpaa lagde han den Dødes Haand ned og bandt ham et Lommetørklæde om Hagen.

Da først forstod de Andre, hvad der var sket: Død? — er han død — Doktor? — Monsieur Alphonse død?

„Et Hjerteslag," svarede Lægen.

En kom løbende med Vand, en Anden med Eddikke; mellem Latter og Raab hørte man Ballerne karambolere paa den indre Billard.

Hys! blev der hvisket; hys! gjentoges det, og Stilheden udbredte sig i videre og videre Ringe omkring Liget, indtil der blev ganske stille.

„Kom og tag i!" sagde Doktoren.

Den Døde blev løftet op; de lagde ham paa en Sofa i en Krog af Rummet, og de nærmeste Gasblus bleve slukkede.

Madame Virginie stod endnu opreist; hun var kridhvid i Ansigtet, og hun holdt den lille bløde Haand trykket mod Brystet. De bar ham lige forbi Buffeten. Doktoren havde faaet Tag indunder Ryggen, saa at Vesten gled op, og et Stykke af den fine, hvide Skjorte kom tilsyne.

Hun fulgte med Øinene de slanke, smidige Lemmer, som hun

kjendte saa godt, og vedblev at stirre mod den mørke Krog.

De fleste Gjæster fjernede sig i Stilhed. Et par unge Herrer kom støiende ind fra Gaden, en Opvarter løb imod dem og sagde nogle Ord. De skottede mod Krogen, knappede sin Frak og dukkede atter ud i Taagen.

Den halvmørke Café blev tom; kun nogle af Alphonses nærmeste Venner stod i en Gruppe og hviskede. Doktoren talte med Værten, der ogsaa var kommen til.

Opvarterne listede frem og tilbage, idet de gjorde en stor Bue udenom den mørke Krog. En af dem laa paa Knæ og samlede Glasstykkerne op paa et Bræet. Han gjorde sit Arbeide saa stille som han kunde; men det var alligevel formegen Støi.

„Lad det ligge til senere," sagde Værten sagte. —

— Støttet til Kaminen betragtede Charles sin døde Fiende. Han sønderrev langsomt et sammenlagt blaat Papir, medens han tænkte paa sin Ven. —

Slaget ved Waterloo

I.

Da det ikke alene i og for sig er underholdende, men ogsaa i Overensstemmelse med Skik og Brug at være forelsket, og da man i vore uskyldige og moralske Forhold kan hengive sig saa meget desto tryggere til dette Liebhaberi, som man hverken forstyrres af aarvaagne Fædre eller stridslystne Brødre, og da man endelig ligesaa letvindt kan komme ud af som ind i det for os specifike Forhold, man kalder Forlovelse — (en Mellemting mellem Ægteskab og „Freitisch" i en god Familie) — saa, ja saa var det ikke underligt, at Fætter Hans følte sig inderligt ulykkelig. Thi han var ikke det mindste forelsket.

Han havde længe gaaet og ventet paa, at det skulde komme over ham som en Raptus, hvilket jo efter alle Erfarnes Dom er den rigtigste Form før den rigtige Kjærlighed. Men da det ikke blev til noget, og han dog var et helt Aars Student, saa sagde han til sig selv: Kjærligheden er jo et Lotteri, vil man vinde, maa man ialfald spille. Man byde Lykken Haand, som der staar i Avertissementerne.

Han saa sig da flittigt om og gav nøie Agt paa sit Hjerte.

Som en Fisker, der sidder med Snøret om Pegefingeren, passende paa det mindste Ryk: om det ikke snart vilde bide, saaledes holdt Fætter Hans sit Aandedræt tilbage, hvergang han saa en ung Dame: om han ikke snart skulde fornemme det eiendommelige Ryk, der — som bekjendt — hører til den rigtige Kjærlighed; dette Ryk, som med ét bringer alt Blodet til at strømme til Hjertet, for ligesaa pludseligt at fare op i Hovedet og farve Ansigtet rødt ligetil Haarroden.

Men det vilde sletikke bide; hans Haar forblev rødt ligetil Haarroden, thi Fætter Hans's Haar kunde ikke kaldes brunt; men Ansigtet holdt sig lige saa blegt og lige langt.

Den stakkels Fiskermand var træt, da han en Dag dinglede nedover til Fæstningen. Han satte sig paa en Bænk og iagttog med en foragtelig Mine nogle Soldater, der vare ifærd med den herdende Øvelse: at staa paa ét Ben midt i Solen og vride Overkroppen, for at blive stegt paa begge Sider.

„Nonsens!" sagde Fætter Hans og spyttede, „det er s'gu en altfor dyr Spas for vort lille Land at holde det Slags Akrobater. Saa jeg ikke her forleden, at denne saakaldte Armée tiltrænger 1500 Blikdaaser Skovox, 600 Kardasker, 3000 Alen Guldgalloner og 8,640 Løveknapper! — Det var bedre, vi sparede paa Guldgalloner og Løveknapper og anvendte vore Skillinger til Almuens Oplysning," — sagde Fætter Hans.

Thi han var smittet af de moderne Ideer, der desværre ogsaa begyndte at trænge ind hos os, og som uvægerlig vil ende med at omstyrte hele den bestaaende Samfundsorden.

— „Farvel da — saalænge!" sagde en Damestemme lige bagved ham.

„Farvel saalaenge! Barnet mit!" svarede en dyb Mandsrøst.

Fæetter Hans vendte sig langsomt; thi det var en varm Dag. Han opdagede en gammel Militær i sort, knappet Frak med Sværdorden paa, et Halstørklæde, der var virret utrolig mange Gange om Halsen, velbørstet Hat og lyse Benklæder. Herren nikkede til en ung Dame, der fjernede sig mod Byen, og fortsatte saa sin Tur ndover Volden.

Fætter Hans var vistnok træt, dog fulgte hans Øine den bortilende unge Pige. Hun var liden og net, og han iagttog med Interesse, at denne Dame var en af de faa, der ikke gjøre en liden Vending indad med den venstre Fod, idet de løfte den fra Jorden.

Dette var et stort Fortrin i den unge Mands Øine; thi Fætter Hans var af disse fintfølende, nøieseende Naturer, der først egentlig formaa at skatte en Kvindes hele Værd.

Efter nogle Skridt vendte Damen sig — formodentlig vilde hun nikke endnu en Gang til den gamle Officer; men rent tiltældigvis traf bendes Blik Fætter Hans.

Da endelig indtraf det, han saalænge havde gaaet og ventet paa: det bed! Hans Blod fór afsted ganske som det skulde, han mistede

Pusten, blev hed i Hovedet, kold nedover Ryggen og fugtig mellem Fingrene — kort sagt: alle de Symptomer indtraadte, der efter Digteres og erfarne Prosaisters Vidnesbyrd betegne den sande, den ægte, den rigtige Kjærlighed.

Her var saamænd ingen Tid at spilde. Han samlede ihast sine Handsker, Stokken og Studenterhuen, som han havde lagt fra sig paa Bænken, og satte afsted efter Damen tvertover Fæstningen og ad Byen til.

I de store, fordærvede Samfund udenlands gaar saadant ikke an. Forholdene der ere saa urene, at en velopdragen ung Mand undser sig for at forfølge en anstendig Dame. Og de faa skikkelige Kvinder, som findes derude, vilde befinde sig meget ilde ved at have en Herre efter sig.

Men i vor rene, moralske Luft ere vi saa lykkelige at kunne indrømme Ungdommen mere Frihed netop paa Grund af vor strenge Sædelighed.

Derfor betænkte Fætter Hans sig ikke et Øieblik paa at følge sit Hjertes Stemme; og den unge Dame, der snart mærkede, hvilken Ulykke hun havde anrettet med det Blik, der egentlig var tiltænkt den Gamle, følte igrunden en ikke ubehagelig Spænding ved Situationen.

De Mødende paa Gaden, der naturligvis strax mærkede Sammenhængen (dette Tilfælde er nemlig et af de faa, hvor de Agerende tro sig ganske uden Publikum), syntes ialmindelighed at det var morsomt at iagttage. De vendte sig of smilede saa smaat; thi de vidste jo alle, at enten ledede dette ikke til noget, og da var det jo blot den uskyldigste Fornøielse for Ungdommen; eller det ledede til en Forlovelse, og en Forlovelse er dog det yndigste i Verden.

Medens de saaledes drog afsted med passende Afstand snart paa samme Fortoug snart hver paa sin Side af Gaden, havde Fætter Hans god Tid til at tænke sig om.

Med Hensyn til Forelskelsen var alt paa det rene. Symptomerne vare der, han vidste, han var fangen, fangen i den ægte, den sande, den rigtige Kjærlighed, og han var lykkelig derved. Ja, saa lykkelig var Fætter Hans, at han, der ellers ikke var god at komme for nær, med et stille, forbindtligt Smil tog imod Stød og Puf, smaa Forbandelser og alle de Ulemper, som nødvendigvis maa ramme den, der seende stivt ud efter noget foran sig færdes med stor Hast i en travel Gade.

Nei — Kjærligheden var in confesso, om den kunde der ikke tvivles. Derimod forsøgte han at udmale sig hendes, den Elskedes, den Himmelskes jordiske Forhold. Og det var jo ogsaa temmelig let: hun havde spadseret med sin gamle Fader, opdagede saa pludseligt, at Klokken var over tolv, sagde i al Hast: Farvel saalænge! for at gaa hjem og se til Middagsmaden. Thi hun var uden Tvivl huslig — det søde Væsen og sikkerligt moderløs.

Den sidste Konjektur var kanske en Følge af den Skræk, man efter alle gode Forfatteres Mening bør have for Svigermødre; men derfor var den ikke mindre sikker. Og nu stod der blot tilbage for Fætter Hans at udfinde: for det første, hvor hun boede, for det andet, hvem hun var, og for det tredie, hvorledes han skulde gjøre hendes Bekjendtskab.

Hvor hun boede, skulde han snart faa at vide, thi nu gik hun jo hjem; hvem hun var, skulde han nok faa udspurgt i Gaarden; og gjøre hendes Bekjendtskab — Herregud! en Smule Vanskelighed hører netop til i Opskriften paa den sande Kjærlighed.

Men bedst som Jagten gik paa det lystigste, forsvandt Vildtet i et Portrum, og det var igrunden paa høie Tid, for Jægeren var — sandt at sige — lidt udmattet.

Han læste med en vis Lettelse Nr. 34 over Porten, gik derpaa et Par Skridt videre, for ganske at skuffe enhver mulig Iagttager, standsede saa ved en Gaspæl og pustede ud.

Det var — som sagt — en varm Dag, hvilket i Forbindelse med den heftige Lidenskab havde bragt Hans i en stærk Sved. Hans Toilette var desuden derangeret ved den hensynsløse Iver, hvormed han havde hengivet sig til Jagten.

Han maatte smile af sig selv, medens han stod og tørrede sig i Ansigtet og i Nakken, rettede paa sit Halstørklæde og følte paa sin Flip, der var smeltet paa Solsiden. Men det var et saligt Smil; han var i denne Stemning, da man Intet ser eller fornemmer af Udenverdenen, og halvhøit sagde han hen for sig: „Kjærligheden taaler alt, fordrager alt." —

„Og sveder meget!" sagde en liden tyk Herre, hvis hvide Vest pludselig kom tilsyne indenfor Fætter Hans's Synskreds.

„Aa — er det dig — Onkel!" sagde han lidt flau.

„Javist!" svarede Onkel Fredrik, „jeg har forladt Skyggesiden, expres for at redde dig fra at blive stegt. Kom nu med mig!"

Dermed trak han Nevøen med sig; men denne stred imod: „Ved du, hvem der bor her i Nr. 34, Onkel?"

„Neigu ved jeg ei; men lad os bare komme i Skyggen," sagde Onkel Fredrik; thi der var to Ting, han ikke kunde taale: Varme og Latter; det første paa Grund af sin Korpulence, og det andet paa Grund af, hvad han selv kaldte „sine apoplektiske Tilbøieligheder".

„Forresten," sagde han, da de vare komne over paa den kjølige Side, og han havde faaet Nevøen under Armen, „forresten ved jeg jo godt, hvem der bor i Nr. 34, naar jeg tenker mig om; — det er gamle Kaptein Schrappe."

„Kjender du ham?" spurgte Fætter Hans spændt.

„Ja, en Smule, saaledes som den halve By kjender ham fra Fæstningen, hvor han spadserer hver Dag."

„Ja, det er netop der, jeg har seet ham," sagde Nevøen ivrigt, „hvilken interessant gammel Herre at se til. Jeg skulde have stor Lyst til at tale med ham."

„Det Ønske kan du snart faa opfyldt," svarede Onkel Fredrik, „du behøver bare at stille dig etsteds ved Volden og tegne Streger i Sandet, saa kommer han."

„Kommer han?" sagde Fætter Hans.

„Ja, saa taler han til dig. Men du skal være forsigtig: han er farlig."

„Æ —?" sagde Fætter Hans.

„Han har engang været paa Vei til at tage Livet af mig."

„A —!" sagde Fætter Hans.

„Ja, med Snak — forstaar du."

„Aa —!" sagde Fætter Hans.

„Han kan nemlig to Historier," fortsatte Onkel Fredrik, „den ene er paa en god halv Time og dreier sig om en Feltmanøvre i Skaane. Den anden derimod: Slaget ved Waterloo, varer undertiden i halvanden til to Timer; — den har jeg hørt tre Gange," og Onkel Fredrik sukkede tungt.

„Men er de da saa kjedelige — disse Historier?" spurgte Fætter Hans.

„Aa — for en Gangs Skyld gaar de vel an," svarede Onkel, „og skulde du komme i Snak med Kapteinen, saa mærk dig følgende: Slipper du med den korte Historie, den fra Skaane, saa har du ikke andet at gjøre end afvexlende at nikke og ryste paa Hovedet. Selve Operationsfeldtet kan du let flnde rede i."

„Operationsfeldtet?" sagde Fætter Hans.

„Ja du skal vide, han tegner hele Manøvren for dig i Sandet; men det er let at forstaa, naar du bare passer paa A og B. Kun paa et Punkt maa du vogte dig for at forplumre dig." —

„Bliver han da utaalmodig, naar man ikke forstaar?" spurgte Fætter Hans.

„Nei tvertimod! men hvis du røber, at du ikke følger med, saa begynder han paa Begyndelsen igjen — ser du! — Det vigtige Punkt i Feltmanøvren," fortsatte Onkel, „er den Bevægelse, Kapteinen selv foretog trods Generalens Ordre, og som bragte Venner og Fiender i lige stor Forlegenhed. Denne Genistreg var — mellem os sagt — Grunden til, at man maatte give ham Sværdordenen, for at faa ham til at tage Afsked. Naar du altsaa kommer til dette Punkt, maa du nikke heftigt og sige: Naturligvis — det eneste rigtige — Positionens Nøgle — husk det: Nøgle."

„Nøgle," gjentog Fætter Hans.

„Men skulde du," og Onkel saa paa ham med anticiperet Medlidenhed, „skulde du i din ungdommelige Lyst til Eventyr falde i den lange, i den om Waterloo, da maa du enten tie ganske stille eller ogsaa passe nøie paa. Jeg har engang maattet døie Beskrivelsen halvanden Gang, bare fordi jeg i min Iver for at vise, hvor godt jeg forstod Situationen, kom til at flytte Kellermanns Dragoner istedetfor Milbaud's Cuirasserer!"

„Flyttede du Dragoner — Onkel?" spurgte Fætter Hans.

„Ja, se det vil du nok forstaa, hvis du falder i den lange; men" — tilføiede Onkel Fredrik i en høitidelig Tone, „vogt dig — siger jeg — vogt dig for Blücher!"

„Blücher?" sagde Fætter Hans.

„Ja ja, jeg siger ikke mere; — og hvorfor gaar jeg egentlig her og fortæller om den gamle Original, hvad ialverden er det, du vil med ham?"

„Spadserer han hver Formiddag?" spurgte Hans.

„Hver Formiddag fra elleve til et og hver Eftermiddag fra fem til syv. Men hvad Interesse?" —

„Har han mange Børn?" afbrød Hans.

„Kun en Datter, men hvad Pokker?" —

„Adieu — Onkel; jeg maa hjem til mine Bøger."

„Stop lidt! gaar du ikke med til Tante Maren iaften, jeg skulde bede dig?"

„Nei Tak, jeg har ikke Tid," raabte Fætter Hans, der allerede var nogle Skridt borte.

„Der er Dameselskab, unge Damer!" brølede Onkel Fredrik; thi han vidste jo ikke, hvad der var hændt Nevøen.

Men denne rystede paa Hovedet med en egen, energisk Foragt og forsvandt omkring Hjørnet.

Det var som Pokker — tænkte Onkel; Gutten er gal eller — aa nu har jeg det! — forlibt! Han stod jo og talte nogle dunkle Ord om Kjærlighed, da jeg fandt ham — udenfor Nr. 34 — og hans Interesse for gamle Schrappe! — Skulde han være forelsket i Frøken Betty? — aa nei, tænkte Onkel, idet ogsaa han hovedrystende fortsatte sin Vei, saa megen Forstand har han s'gu ikke.

II.

Fætter Hans spiste ikke meget den Middag. Forelskede Mennesker spise ikke meget og desuden ligte han ikke Kjødkager.

Endelig blev Klokken fem. Han havde allerede indtaget sin Post paa Volden, hvorfra han kunde overse hele Fæstningspladsen. Ganske rigtigt: der kom den sorte Frak, de lyse Benklæder og den velpudsede Hat.

Fætter Hans fornam en Smule Hjertebanken. Først troede han, det kom af, at han følte sig lidt skamfuld ved denne planmæssige Underfundighed mod den skikkelige Kaptein. Men snart kom han underveir med, at det var Synet af den Elskedes Fader, der satte hans Blod i Bevægelse.

Beroliget herved begyndte han ifølge Onkel Fredriks Anslag at tegne Streger og Vinkler i Sandet, medens han fra Tid til anden med Opmærksomhed betragtede Akershus.

Der var øde og stille paa hele Fæstningen. Fætter Hans kunde høre Kapteinens sikre Skridt nærme sig; de naaede helt hen til ham og standsede. Hans saa ikke op; Kapteinen tog endnu et Par Skridt og kræmtede. Hans trak en lang, dybsindig Streg med sin Stok, da kunde den Gamle ikke længer dy sig.

„Ei, ei, unge Herre!" sagde han venligt, idet han tog til sin Hat, „tager De Kart over vore Befæstningsværker?"

Fætter Hans saa ud som en, der vækkes af dybe Betragtninger, og idet han hilsede høfligt, svarede han noget forvirret:

„Nei — det er blot saadan en Vane jeg har, til at søge at orientere mig, hvor jeg færdes."

„En fortræffelig Vane, en ganske fortræffelig Vane" — afbrød Kapteinen med Varme.

„Det styrker Hukommelsen," indskjød Fætter Hans beskedent.

„Ganske vist, ganske vist — Hr. Student!" svarede Kapteinen, der begyndte at finde Behag i det undseelige unge Menneske.

„Især ved mere komplicerede Situationer," fortsatte det undseelige unge Menneske, idet han med Foden udslettede sine Streger.

„Netop hvad jeg vilde sige!" udbrød Kapteinen henrykt, „isærdeleshed er nu Tegninger og Planer — som De kan tænke Dem — aldeles uundværlige i Krigsvidenskaben — for Exempel en Slagmark." —

„Ja, se det er nu Ting, der ere altfor indviklede for mig," afbrød Fætter Hans med et ydmygt Smil.

„Sig ikke det, unge Herre!" svarede den velvillige Gamie, „naar man har en orienterende Oversigt over Terrainets og Armeernes Stillinger, saa kan selv en mere indviklet Batalje gjøres ganske anskuelig. — Se nu det Terrain, vi har for os her; det kunde meget godt give os et Begreb — en miniature — om for Exempel — om Slaget ved Waterloo."

Jeg er falden i den lange, tænkte Faetter Hans; men never mind! jeg elsker hende.

„Behag at tage Plads paa Bænken her," fortsatte Kapteinen, der inderligt glædede sig til en saa intelligent Tilhører, „saa skal jeg forsøge i korte Omrids at give Dem et Billede af dette skjæbnesvangre og mærkelige Slag, hvis det kan interessere Dem?"

„Mange Tak — Hr. Kaptein!" svarede Fætter Hans, „intet kunde interessere mig mere. Men jeg frygter for, at De vil faa altfor meget Besvær med en stakkels ukyndig Civil."

„Paa ingen Maade, det Hele er saa let og simpelt, naar man bare iforveien orienterer sig paa Feldtet," forsikrede den elskværdige gamle Herre, idet han satte sig ved Siden af Fætter Hans og kastede et prøvende Blik omkring sig.

Medens de sad saaledes, betragtede Fætter Hans Kapteinen nøiere, og han maatte tilstaa, at Kaptein Schrappe tiltrods for sine sexti Aar endnu var en vakker Mand. Han har de korte, graasprængte Moustacher lidt opadbøiet i Spidserne, hvilket gav ham et vist ungdommeligt Sving. I det hele taget havde han megen Lighed med Kong Oscar den Første paa de gamle Tolvskillinger.

Og da han nu reiste sig op og begyndte sin Udvikling, var Fætter

Hans enig med sig selv om, at han havde al Grund til at være tilfreds med sin tilkommende Svigerfaders Ydre.

Kapteinen stillede sig nogle Skridt fra Bænken i Hjørnet af Volden, idet han pegede omkring sig med Stokken. Fætter Hans fulgte nøie med og gjorde sig al mulig Flid for at tækkes sin tilkommende Svigerfader.

„Vil De nu altsaa tænke Dem, at jeg staar ved Forpagtergaarden Belle-Alliance, hvor Keiseren har sit Hovedkvarter, og mod Nord — to Mile fra Waterloo — har vi Bryssel, — altsaa omtrent paa Hjørnet af Gymnastiklokalet.

Veien der — langs Volden er Chausseen, der ferer til Bryssel, og her" — Kapteinen ilede over Waterloosletten — „her i Græsset har vi Soignesskoven. Paa Landeveien til Bryssel og foran Skoven staa nu Englænderne; — De maa tænke Dem den nordligste Del af Terrainet noget høiere. Paa Wellingtons venstre Fløi — altsaa mod Øst — her i Græsset — har vi Slottet Hougoumont; det maa markeres," sagde Kapteinen og saa sig omkring.

Den hjælpsomme Fætter Hans fandt strax en Pinde, der blev stukket i Jorden paa dette vigtige Punkt.

„Fortræffeligt!" raabte Kapteinen, der forstod, at han havde fundet en Tilhører med Interesse og Indbildningskraft, „det er nemlig fra denne Kant, vi kan vente Preusserne."

Fætter Hans lagde Mærke til, at Kapteinen tog en Sten, som han fandt, og placerede den i Græsset med en hemmelighedsfuld Mine.

„Her ved Hougoumont," fortsatte den Gamle, „begyndte Slaget. Det var Jerome, der angreb. Han tog Skoven; men Slottet holdt sig — forsvaret af Wellingtons bedste Tropper.

Imidlertid skulde Napoleon, som holder her ved Belle-Alliance, netop give Marechal Ney Ordre til at begynde Hovedangrebet mod Wellingtons Centrum, da han opdagede Troppemasser, der nærmede sig fra Øst — bag Bænken — der henne ved Træet."

Fætter Hans saa sig om, han begyndte at blive urolig: skulde allerede Blücher være her?

„Blü — Blü" — prøvede han halvhøit.

„Det var Bülow," sagde til al Lykke Kapteinen, „som nærmede sig med 30,000 Preussere. Napoleon traf i Hast sine Dispositioner, for at møde den nye Fiende, idet han ikke nærede nogen Tvivl om, at Grouchy ialfald fulgte Preusserne i Hælene.

Keiseren havde nemlig den foregaaende Dag detacheret Marechal Grouchy med Armeens hele høire Fløi c. 50,000 Mand, for at møde Blücher og Bülow; men Grouchy — ja alt det der, husker De jo fra Verdenshistorien" — afbrød Kapteinen.

Fætter Hans nikkede beroligende.

„Ney begyndte altsaa Angrebet med sin vante Uforfærdethed. Men det engelske Kavalleri styrtede sig over Franskmændene, brød deres Rækker og tvang dem tilbage med Tab af to Ørne og flere Kanoner. Milhaud iler tilhjælp med sine Cuirasserer, og Keiseren selv, der ser Faren, hugger Sporerne i sin Hest og farer ned ad Skraaningen ved Belle-Alliance."

Kapteinen ilede afsted, hoppende lidt efter Siden som en Hest i Gallop, medens han skildrede, hvorledes Keiseren red gjennem tykt og tyndt, bragte Neys Folk iorden og sendte dem frem til nyt Angreb.

— Enten det nu var, fordi der stak et Stykke af en Digter i Fætter Hans, eller om Kapteinens Skildring virkelig var saa levende, eller om det var — og det var det vist, — fordi han elskede Kapteinens Datter — nok er det: Fætter Hans blev ganske revet ind i Situationen.

Han saa ikke længer en snurrig Kaptein, der hoppede efter Siden; — han skimtede gjennem Krudtrøgen Keiseren selv paa den hvide Hest med de sorte Øine, som vi kjende fra Kobberstikkene. Han fór afsted over Grøfter og Hegn, gjennem Agre og Haver, med Møie hilgt af sin Suite. Rolig og kold sad han fast i Sadlen med den halvaabne graa Frak, de hvide Benklæder og den lille Hat paatvers. Hans Ansigt udtrykte hverken Trethed eller Spænding; glat og blegt som Marmor gav det den hele Skikkelse i den simple Uniform paa den hvide Hest noget ophøiet, halvt spøgelsesagtigt.

Saaledes susede han afsted, dette lille blodige Uhyre, der i tre Dage havde leveret tre Slag. Alt veg afveien for ham, flygtende Bønder, Tropper i Reserve eller i Fremmarsch, — ja selv Saarede og Halvdøde skubbede sig tilside og saa op paa ham med en Blanding af Skræk og Beundring — der han jog dem forbi som et koldt Lyn.

Han viste sig knapt blandt Soldaterne, for alt kom iorden som af sig selv; og et Øieblik efter kunde den ufortredne Ney atter svinge sig i Sadlen, for at fornye Angrebet. Og denne Gang kastede han Englænderne og satte sig fast i Forpagtergaarden La Haie-Sainte.

Napoleon holdt atter ved Belle-Alliance.

„Nu kommer altsaa Bülow fra Øst — her frem under Bænken; Keiseren lader General Mouton møde ham. Klokken halv fem (Slaget var begyndt Klokken et) forsøger Wellington at fordrive Ney fra La Haie-Sainte. Men denne, der nu indsaa, at alt afhang af, at man bemægtigede sig Terrainet foran Skoven — her i Sandet foran Græskanten," Kapteinen kastede sin Handske hen paa det betegnede Sted — „Ney altsaa tilkalder en Reservebrigade af Milhauds Cuirasserer og gaar løs paa Fienden.

Snart saaes hans Folk paa Høiderne, og man raabte allerede „Victoire!" omkring Keiseren.

„Det er en Time for sent," svarede Napoleon.

Da han imidlertid saa, at Marechallen led meget af Fiendens Ild i den nye Position, besluttede han at komme ham tilhjælp og samtidigt prøve med et Slag at knuse Wellington. Han valgte til denne Plans Udførelse Kellermanns navnkundige Dragoner og Gardens svære Kavalleri. Nu kommer et af Slagets Hovedmomenter; De maa begive Dem ud paa Valpladsen!"

Fætter Hans reiste sig strax fra Bænken og indtog den Post, Kapteinen anviste ham.

„Nu er De Wellington!" — Fætter Hans rettede sig. — „De staar der paa Sletten med Størstedelen af det engelske Infanteri. Her kommer hele det franske Kavalleri susende. Milhaud har forenet sig med Kellermann; det er en uoverskuelig Mængde Heste, Brynjer, Hjelmbuske og blanke Vaaben. Omgiv Dem med en Carré!"

Fætter Hans stod et Øieblik raadvild; men saa forstod han

Kapteinens Mening: han trak i al Hast en Firkant af dybe Streger i Sandet omkring sig.

„Rigtigt!" raabte Kapteinen straalende, „nu hugge Franskmændene ind; Rækkerne brydes, men sluttes sammen; Kavalleriet bøier af og samler sig igien. Wellington maa hvert Øieblik indeslutte sig i en ny Carré.

De franske Ryttere slaas som Løver: de stolte Minder fra Keiserens Felttog fyider dem med dette seiersikre Mod, der gjorde hans Armeer uovervindelige; de slaas for Seieren, for Æren, for de franske Ørne, og for den lille, kolde Mand, som de vide holder paa Høiden bagved dem, hvis Øie følger hver enkelt Mand, som ser Alt og ikke glemmer noget.

Men idag har de en Fiende, som ikke er let at faa Bugt med. De staa, hvor de staa — disse Englændere, og trykkes de et Skridt tilbage, saa tage de det igjen i næste Øieblik. De have ingen Ørne og ingen Keiser; naar de slaas, tænke de hverken paa Krigshæder eller paa Hevn; men de tænke paa Hjemmet. Ikke at skulle gjense gammel Englands Ege, er den tungeste Tanke for en Englænder — dog nei, der er noget, som er verre endda: at komme hjem med Skam. Og naar de tænke paa, at den stolte Flaade, som de vide ligger nordpaa og venter paa dem, at den skulde nægte dem Hæderssalut, at „old England" ikke skulde kjende sine Sønner igjen, — da gribe de fastere om Geværet, de glemme Saar og Blodet, der flyder; tause og alvorllge, med sammenbidte Tænder holde de sin Post og dø som Mænd.

Tyve Gange brødes Carréerne og sluttedes igjen, og der faldt 12,000 brave Englændere."

Fætter Hans kunde forstaa, at Wellington græd, da han sagde: „Natten eller Blücher!"

Kapteinen havde imidlertid forladt Belle-Alliance og speidede omkring i Græsset bag Bænken, medens han fortsatte sin Udvikling, der stedse blev mere og mere livlig: „Wellington var nu i Virkeligheden slagen, han maatte lide et totalt Nederlag, da" — raabte Kapteinen med dyster Stemme, „da kom h a n d e r !" Og idetsamme spændte han til den Sten, Fætter Hans havde seet ham skjule, saa at den rullede ind paa Slagmarken.

Nu eller aldrig, tænkte Fætter Hans.

„Blücber!" raabte han.

„Netop!" svarede Kapteinen, „det er Blücher, den gamle Varulv, der kommer marscherende ind paa Sletten med sine Preussere.

Altsaa kom der ingen Grouchy; Napoleon stod berøvet hele sin høire Fløi overfor 150,000 Mand. Med sin aldrig svigtende Koldblodighed giver han Ordre til en stor Frontforandring.

Men det var for sent og Overmagten for stor.

Wellington, som ved Blüchers Ankomst fik Anledning til at bruge Reserven, lod nu hele sin Armé avancere. Endnu engang bragtes dog de Allierede et Øieblik til at standse for et rasende Angreb, der førtes af Ney — Dagens Løve.

Ser De ham!" raabte Kapteinen, hvis Øine tindrede.

Og Fætter Hans saa ham, denne eventyrlige Helt, Hertug af Elchingen, Prinds af Moskwa, Søn af en Bødker i Saarlouis, Marechal og Pair af Frankrige. Han saa ham løbe frem foran Kolonnerne — fem Heste vare skudte under ham — med Kaarden i Haanden, Uniformen i Filler, uden Hat og med Blodet strømmende ned over Ansigtet.

Og Kolonnerne ordnede sig og stormede afsted; — de fulgte sin Prinds fra Moskwa, Redningsmanden ved Beresina, i den haabløse Kamp for Keiseren og Frankrige. Lidet anede de, at Frankriges Konge sex Maaneder efter skulde lade deres kjære Prinds skyde som Landsforræder i Luxembourghaven.

Men han fór omkring, ordnede og kommanderede, indtil der ikke var mere at gjøre for Feltherren; saa brugte han sin Kaarde som Soldat til alt var forbi, og han reves med paa Flugten. Thi den franske Armé flygtede.

Keiseren styrtede sig ind i Vrimmelen; men den forfærdelige Larm overdøvede hans Stemme, og i Halvmørket var der ingen, som kjendte den lille Mand paa den hvide Hest.

Saa tog han Plads i en Carré af sin gamle Garde, der endnu holdt Stand paa Sletten: han vilde slutte sit Liv paa sin sidste Valplads. Men Generalerne flokkedes om ham, de gamle Grenaderer raabte: „Træk Dem tilbage, Sire! Døden vil ikke have Dem!"

De vidste ikke, at det var, fordi K e i s e r e n havde forspildt sin Ret til at dø som fransk Soldat. Halvt modstræbende førtes han med, og ukjendt i sin egen Armé red han bort i den mørke Nat, efter at have tabt alt. — „Saaledes endte Slaget ved Waterloo," sagde Kapteinen, idet han satte sig paa Bænken og rettede paa sit Halstørklæde. —

— Fætter Hans tænkte med Indignation paa Onkel Fredrik, der havde omtalt Kaptein Schrappe i en saa overlegen Tone. Det var dog en ganske anderledes interessant Personlighed end slig en gammel Departementshest som Onkel Fredrik.

Idet han nu gik og samlede op Handsker og andre Smaating, som Feltherrerne i Stridens Hede havde spredt over Slagmarken, for at markere Positionerne, stødte han ogsaa paa gamle Blücher. Han tog ham op og betragtede ham nøie.

Det var et haardt Stykke Granit, knudret som Sukke-Candis; det var næsten som om det lignede „Feltmarechal Vorwärts". Hans vendte sig mod Kapteinen med et artigt Buk:

„Tillad, Hr. Kaptein! at jeg gjemmer denne Sten. Den vil bedre end noget andet gjenkalde i min Erindring denne interessante og belærende Underholdning, for hvilken jeg isandhed er Dem meget taknemmelig."

Dermed stak han Blücher i Baglommen.

Kapteinen forsikrede, at det havde været ham en sand Fornøielse at iagttage den Interesse, hvormed hans unge Ven havde fulgt Udviklingen. Og det var den rene Sandhed, han var ligefrem henrykt over Fætter Hans.

„Men sæt Dem nu ned — unge Mand, vi kunne nok trænge til Hvile efter 10 Timers Kamp" — tilføiede han smilende.

Fætter Hans satte sig paa Bænken og følte med Ængstelse paa sin Flip. Han havde i Middagsstunden iført sig den mest bedaarende, han havde. Den holdt sig lykkeligvis endnu stiv; men han maatte sande Wellingtons Ord: Natten eller Blücher! thi stort længer havde den ikke holdt Stand.

Det var ogsaa et Held, at den varme Eftermiddagssol holdt de Spadserende borte fra Volden. Ellers kunde der snart have samlet sig et anseeligt Publikum om disse to Herrer, der fægtede med Armene og sprang omkring, tildels efter Siden.

De havde kun havt en Tilskuer. Det var Skildvagten, som staar paa Hjørnet af Gymnastiklokalet.

Denne havde af Nysgjerrighed fjernet sig utilbørlig langt fra sin Post, idet han havde marscheret næsten halvanden Mil nedover Chausseen fra Bryssel til Waterloo. Kapteinen skulde ogsaa forlængst have tildelt ham en militær Tilrettevisning, om ikke det nysgjerrige „Mandskab" havde været af stor strategisk Betydning. Han udgjorde nemlig, der han stod, hele Wellingtons Reserve; og nu da Slaget var forbi, trak denne sig i god Orden tilbage nordover mod Bryssel og indtog atter le poste perdu paa Hjørnet af Gymnastiklokalet.

III.

„Kom nu hjem med mig og spis tilaftens," sagde Kapteinen. „Mit Hus er vistnok meget stille, men jeg tænker, en ung Mand af Deres Karakter ikke vil have saameget imod at tilbringe en Afren i en rolig Familie."

Fætter Hans's Hjerte hoppede høit af Fryd; han modtog Indbydelsen paa den ham egne beskedne Maade, og snart vare de paa Veien til Nr. 34.

Hvor dog alting lykkedes for ham idag. Det var ikke mange Timer siden han saa hende for første Gang; og nu kom han allerede anstigende som en speciel Yndling af Faderen, for at tilbringe Aftenen sammen med hende.

Jo mere de nærmede sig Nr. 34, desto livagtigere stod det fortryllende Billede af Frøken Schrappe for ham: det blonde, purrede Haar nedover Panden, den vevre Figur og saa disse skjælmske, lyseblaa Øine.

Hans Hjerte bankede, saa at han neppe kunde tale, og da de gik opad Trappen, maatte han tage ordentlig fat i Rækværket; hans Lykke gjorde ham næsten svimmel.

I Stuen, som var et stort Hjørneværelse, traf de Ingen. Kapteinen gik ud, for at kalde paa Frøkenen, og Hans hørte ham raabe: „Betty!"

Betty! hvilket yndigt Navn og hvor det passede til det yndige Væsen!

Den lykkelige Elsker tænkte sig allerede, hvor deiligt det skulde blive, naar han kom hjem fra sit Arbeide ved Middagstid og kunde raabe ud i Kjøkkenet: „Betty! er Maden færdig?"

Idetsamme traadte Kapteinen ind igjen med sin Datter. Hun gik lige hen til Fætter Hans, tog ham i Haanden og ønskede ham velkommen i Huset.

„Men," tilføiede hun, „De maa virkelig undskylde, at jeg strax løber fra Dem igjen, for jeg staar midt i en Æggerøre, og det er ikke Spøg, kan De tro!"

Dermed forsvandt hun igjen; Kapteinen trak sig ogsaa tilbage for at ordne sig lidt, og Fætter Hans var atter alene.

Det hele Møde havde ikke varet mange Sekunder, og dog syntes Fætter Hans, at han i disse Øieblikke var styrtet fra Afsats til Afsats mange Favne ned i et dybt, sort Hul. Han holdt sig med begge Hænder fast i en gammel, høirygget Lænestol; han hverken hørte, saa eller tænkte; men halvt mekanisk gjentog han hen for sig: „Det var ikke hende — det var ikke hende!"

Nei det var ikke „hende". Den Dame, han netop havde seet, og som altsaa maatte være den virkelige Frøken Schrappe, havde slet ikke blondt, purret Haar nedover Panden. Hun havde tvertimod mørkt Haar, strøget glat til begge Sider. Hun havde ingenlunde skjælmske, lyseblaa Øine, men alvorlige, mørkegraa — kort sagt, hun var saa ulig den Elskede som vel muligt.

Efter den første Lammelse begyndte Fætter Hans's Blod at koge; en vild Smerte bemægtigede sig ham: han rasede mod Kapteinen, mod Frøken Schrappe, mod Onkel Fredrik og Wellington og den hele Verden.

Han vilde knuse det store Speil og alle Møblerne, og derpaa springe ud af Hjørnevinduet; — eller, han vilde tage sin Hue og Stok, styrte nedad Trappen, forlade Huset og aldrig mere betræde det; — eller, han vilde ialfald ikke blive her længer end høist nødvendigt.

Hans Stemning blev efterhaanden roligere; men en dyb Sørgmodighed lagde sig over ham. Han havde følt denne usigelige Smerte, at skuffes i sin første Kjærlighed, og da han saa sit eget Billede i Speilet, rystede han medlidende paa Hovedet.

Kapteinen traadte ind igjen, glat og pudset. Han indledede en Samtale om Dagens Politik. Fætter Hans havde Møie med at give endog blot korte, almindelige Svar; det var som om det Interessante ved Kaptein Schrappe var aldeles fordunstet. Og nu mindedes Hans, at denne paa Hjemveien fra Fæstningen havde lovet ham hele Feltmanøvren i Skaane efter Aftensbordet.

„Vaarsaagod, kom tilbords!" raabte Frøken Betty, idet hun aabnede Døren til Spisestuen, hvor der var tændt Lys.

Fætter Hans kunde ikke undlade at spise, thi han var sulten; men han saa ned i Tallerkenen og talte lidet.

Derfor førtes Samtalen i Begyndelsen mest mellem Fader og Datter. Kapteinen, som troede, at det beskedne unge Menneske følte sig generet i Frøken Bettys Nærværelse, vilde give ham Tid til at fatte sig.

„At du ikke inviterede Frøken Bech iaften, siden hun skal reise imorgen," sagde den Gamle, „saa kunde I have spillet firhændigt for vor Gjæst."

„Jeg bad hende blive, da hun var heroppe iformiddags; men hun skulde i Afskedsselskab til nogle andre Bekjendte."

Fætter Hans spidsede Øren, mon Talen var om Damen fra iformiddags.

„Jeg fortalte dig jo, at hun var nede hos mig paa Fæstningen, for at sige Farvel," fortsatte Kapteinen, „stakkels Pige! jeg synes virkelig Synd i hende."

Der kunde ikke længer være nogen Tvivl.

„Omforladelse — er Talen om en Dame med smaakrøllet Haar og store, blaa Øine?" spurgte Fætter Hans.

„Netop!" svarede Kapteinen, — „kjender De Frøken Bech?"

„Nei —," svarede Hans, „det faldt mig bare ind, at det kunde være en Dame, jeg traf nede paa Fæstningen omkring Klokken tolv."

„Det har været hende!" sagde Kapteinen, „en vakker Pige — ikke sandt?"

„Det var en meget smuk Dame," svarede Hans med Overbevisning, —, har hun havt nogen Sorg? — jeg syntes, Hr. Kapteinen —,"

„Ja, ser De! hun var forlovet nogle Maaneder." —

„Ni Uger" — afbrød Frøken Betty.

„Jasaa du! var det saa kort — nuvel! — og saa har hendes Kjæreste netop i disse Dage slaaet op med hende. Hun reiser derfor — som De kan tænke Dem — bort for en Tid; — til Slægtninge paa Vestlandet — tror jeg."

Hun havde altsaa været forlovet — rigtignok bare ni Uger; men det var dog et lidet aber. Dog — Fætter Hans var en Menneskekjender, og saa meget havde han allerede seet iformiddags, at hendes Følelser for den afgangne Kjæreste ikke havde været den rigtige Kjærlighed; derfor sagde han:

„Hvis det er den Dame, jeg saa idag, syntes hun at tage Sagen temmelig let."

„Det er just, hvad jeg bebreider hende," svarede Frøken Betty.

„Hvorfor det?" spurgte Hans lidt spidst, for han ligte overhovedet ikke den Maade, hvorpaa den unge Dame fremsatte sine Bemærkninger, „var det kanske bedre, om hun græmmede sig tildøde?"

„Nei ingenlunde," svarede Frøken Schrappe, „men det vilde efter min Formening have vidnet om mere Karakterstyrke, om hun havde følt en stærkere Indignation overfor sin Forlovede."

„Da synes jeg tvertimod, at det vidner om den smukkeste Art af Karakterstyrke, at hun ikke føler Nag eller Vrede; thi Kvindens

Styrke er at tilgive," sagde Fætter Hans, der blev veltalende, idet han forsvarede den Elskede.

Frøken Betty mente, at dersom Menneskene i det hele taget vilde lægge mere Indignation for Dagen ved de talrige „Opslag", kunde kanske Ungdommen blive lidt forsigtigere i saa Henseende.

Fætter Hans derimod mente, at naar en Forlovet mærkede eller blot fik den mindste Mistanke om, at han havde taget feil, at det, han havde holdt for Kjærlighed, ikke var den sande, den ægte, den rigtige Kjærlighed, saa maatte han ikke alene skynde sig med at slaa op, men saa var det ogsaa en ligefrem Pligt for den anden Part og for alle Omgivelser at tilgive, undskylde og tale saa lidet som muligt om Sagen, paa det at det hele jo for jo heller kunde blive glemt.

Frøken Betty svarede hurtigt, at hun ikke fandt det i sin Orden, at unge Mennesker, „havde hinanden paa Prøve", medens de holdt Udkig efter den rigtige Kjærlighed.

Denne Bemærkning forargede i høi Grad Fætter Hans. Men han fik ikke Tid til at svare, da Kapteinen idetsamme reiste sig fra Bordet.

— Der var noget ved Frøken Schrappe, som han slet ikke kunde fordrage; og saa stærkt var han optaget heraf, at han for en Stund næsten glemte den sørgelige Efterretning, at den Elskede — Frøken Bech — skulde reise imorgen.

Han maatte indrømme, at Kapteinens Datter var smuk, meget smuk; hun syntes at være baade huslig og forstandig, og det var tydeligt, at hun omfattede den gamle Fader med en rørende Ømhed. Og dog sagde Fætter Hans til sig selv: Stakkel, hun bliver aldrig gift.

Thi hun manglede ganske den yndige Ubehjælpelighed, der er saa indtagende hos en ung Pige; naar hun talte, var det med en næsten stødende Ro og Sikkerhed. Aldrig kom hun med saadanne bedaarende, halvt fuldendte Setninger som: „Ja, jeg ved ikke, om De forstaar mig; — der er saa faa, som forstaar mig; — jeg ved ikke, hvorledes jeg skal udtrykke, hvad jeg mener; men jeg føler det saa tydeligt" — kort sagt! af dette tilslørede, ubevidste, som jo er Kvindens skjønneste Pryd, fandt man Intet hos Frøken Schrappe.

Endvidere havde han faaet en Mistanke om, at hun var „lærd". Og deri maa dog alle give Fætter Hans Ret, at skal en Kvinde kunne opfylde sin Opgave her i Livet (at være Hustru for en Mand), bør hun selvfølgeligt ikke have andre Kundskaber end dem, hendes Mand ønsker, hun skal have, eller selv vil bibringe hende. Ethvert andet Fond af Viden vil altid være en Medgift af saare tvivlsomt Værd.

Fætter Hans var i den miserableste Stemning. Klokken var ikke mere end otte, og før halv ti, syntes han ikke, det gik an at tage Afsked. Kapteinen havde allerede taget Plads ved Bordet, færdig til at begynde Feltmanøvren. Her var ingen Udvei, Hans satte sig ved Siden.

Ligeoverfor sad Frøken Betty med et Sytøi og en Bog foran sig. Han strakte sig fremover og opdagede, at det var en Roman af den nyere tyske Literatur.

Det var just et af de Værker, som Hans pleiede at rose i høie Toner, naar han udviklede sine moderne Anskuelser med et lidet Anstrøg af Fritænkeri. Men at finde denne Bog her, i en Dames Hænder og tilogmed paa Tysk (Hans havde læst den i Oversættelse), var ham i høieste Grad stødende.

Da derfor Frøken Betty spurgte, om han syntes godt om Romanen, svarede han, at det var en af de Bøger, der kun bør læses af Mænd med modne Begreber og solide Principer, — allermindst egnede den sig til Damelekture.

Han saa, at den unge Dame blev rød, og han følte selv, at han havde været uartig. Men han var i en saa fatal Stemning, og desuden var der noget ligefrem irriterende ved denne overlegne lille Frøken.

Han ærgrede sig og kjedede sig, og for at fuldende hans Lidelsers Maal, begyndte Kapteinen at lade Korpset B rykke frem, „beskyttet af Mørket".

Fætter Hans skimtede nu, hvorledes Kapteinen lod Fyrstikdaaser, Penneknive og andre Smaating rykke frem over Bordet. Han nikkede af og til, men han hørte slet ikke efter. Han tænkte paa den deilige Frøken Bech, som han kanske aldrig skulde gjense, og undertiden lurede han sig til at se paa Frøken Schrappe, som han havde været uartig imod.

Med et fór han op. Kapteinen slog ham paa Skulderen: „Og dette Punkt skulde altsaa jeg besætte. Hvad synes De?"

Da dukkede Onkel Fredriks Raad op for Fætter Hans, og idet han nikkede heftigt, sagde han: „Naturligvis — det eneste rigtige: — Positionens Nøgle!"

Kapteinen fór tilbage og blev ganske alvorlig. Men da han saa Fætter Hans's forbløffede Udtryk, fik hans Godmodighed Overhaand, og leende sagde han:

„Nei — Høisterede! deri tager De storligen feil. — Forresten," tilføiede han med et lunt Smil, „forresten er det en Feiltagelse, som De deler med flere af vore høieste Militasrautoriteter. — Nei, nu skal jeg vise Dem Positionens Nøgle."

Og saa begyndte han en vidtløftig Forklaring om, hvorledes den Stilling, han havde Ordre til at besætte, var ganske uden strategisk Betydning. Hvorimod den Manøvre, han paa egen Haand foretog, bragte Fienden i den største Forlegenhed, og vilde have forsinket Korpset B's Fremrykning flere Timer.

Saa trædt og Sløv, som Fætter Hans var, maatte han dog beundre de Overordnedes vise Fremgangsmaade mod Kapteinen, dersom der overhovedet var noget i Onkel Fredriks Historie om Sværdordenen.

Thi hvis Kapteinens egenraadige Manøvre i strategisk Henseende kanske var et genialt Træk, saa var det jo i sin Orden, at han fik Sværdordenen. Men paa den anden Side var det jo ogsaa klart, at han var ubrugelig i en Armé som vor, naar han kunde tro, at Hensigten med Feltøvelserne var at forsinke Nogen eller at bringe Nogen i Forlegenbed. Han maatte dog vide, at Hensigten meget mere var den, at begge de fiendtlige Armeer med Bagage og Kjøkkenvogne kunde træffe sammen til fastsat Tid paa det fastsatte Sted, hvor den store Frokost serveredes.

Mens han sad i disse Tanker, fuldendte Kapteinen Feltmanøvren. Han var slet ikke saa tilfreds med sin Tilhører nu som ude paa Fæstningen; der var kommet noget adspredt over ham.

Klokken blev ni. Men da Fætter Hans havde sat sig i Hovedet, at han vilde holde ud til halv ti, sled han sig igjennem en af de længste

Halvtimer, han havde oplevet. Kapteinen blev søvnig, Frøken Betty svarede kort og koldt; Hans maatte selv sørge for Underholdningen — træt, ærgerlig, ulykkelig og forelsket som han var.

Endelig viste Uhret næsten halv ti; han reiste sig, idet han sagde, at han pleiede at gaa tidligt tilsengs paa Grund af, at han læste bedst, naar han stod op Klokken sex.

„Ei, ei," sagde Kapteinen, „kalder De det at gaa tidligt tilsengs. Jeg lægger mig saamænd hver Dag Klokken ni."

O Skuffelse paa Skuffelse! Hans sagde i al Hast Godnat og løb nedad Trappen.

Kapteinen fulgte ham ud med Lys og raabte venligt efter ham: „Godnat — velkommen igjen!"

„Tak!" raabte Hans nedenfra, men i sit stille Sind bandte han paa, at der skulde han aldrig mere sætte sine Ben.

— Da den Gamle kom ind i Stuen igjen, fandt han Datteren ifærd med at smække op Vinduerne.

„Hvad skal det betyde?" spurgte Kapteinen.

„Jeg lufter ham ud!" svarede Frøken Betty.

„Naa, naa, Betty! du er nu altfor slem. Men jeg maa ellers tilstaa, at den unge Herre tabte lidt ved nærmere Bekjendtskab. Jeg forstaar mig ikke paa Ungdommen nutildags."

Dermed gik Kapteinen ind i sit Soveværelse, efter at have givet Datteren den sædvanlige Aftenformaning: „Sid nu ikke for længe oppe."

Da hun var bleven alene, slukkede Frøken Betty Lampen, flyttede Blomsterne bort fra Hjørnevinduet og satte sig op i Vindueskarmen med Benene paa en Stol.

Mellem to høie Huse kunde hun i klare Maaneskinsnætter skimte en liden Stribe af Fjorden. Det var ikke meget; men det var dog et Glimt af den store Vei, der fører mod Syden og de fremmede Lande.

Og hendes Ønsker og Længsler fløi afsted, følgende den samme Vei, hvor saa mange unge Ønskefugle har fløiet sin Vinge træt; ud gjennem den trange Fjord mod Syden, hvor Horisonten er høi, hvor Hjertet udvider sig, og Tankerne blive store og modige.

Og Frøken Betty sukkede, idet hun stirrede paa sin lille Stribe af Fjorden, som hun kunde skimte mellem to høie Huse.

— Hun tænkte isandhed ikke paa Fætter Hans, der hun sad; men han tænkte paa Frøken Schrappe, idet han med hurtige Skridt gik opad Gaden.

Aldrig havde han truffet en ung Dame, der mindre var falden i hans Smag. At han havde været uartig mod hende, gjorde det ikke bedre. Vi ere ikke tilbøielige til at finde de Mennesker elskværdige, som have været Anledning til, at vi have opført os slet. Det var ham ligesom en Trøst at gjentage for sig selv: Hun bliver aldrig gift.

Saa vandrede hans Tanker til den Elskede, som skulde reise bort imorgen. Hele hans tunge Skjæbne stod for ham, og han fik en stor Trang til at udøse sin Smerte for en Ven, der kunde forstaa ham.

Men at finde en Ven i den passende Stemning paa denne Tid af Dagen, var ikke let.

Onkel Fredrik var igrunden hans Fortrolige i mange Ting; han vilde opsøge ham.

Da han vidste, at Onkel var hos Tante Maren, begav han sig opover mod Slottet, for at møde ham, naar han kom fra Homansbyen. Han valgte en at de trange Alleer tilhøire, hvor han vidste, Onkel pleiede at gaa, og et Stykke opi Bakken satte han sig paa en Bænk, for at vente.

Der maatte være usædvanligt morsomt hos Tante Maren, naar Onkel Fredrik kunde holde ud deroppe til over ti. Endelig skimtede han en liden hvid Mave høit oppe i Alleen; det var Onkels hvide Vest, som nærmede sig.

Han reiste sig fra Bænken og sagde alvorligt: „Godaften!"

Onkel syntes aldrig om at træffe ensomme Mandspersoner i de mørke Alleer; det var derfor en stor Lettelse for ham, da han gjenkjendte Nevøen.

„Aa, — var det bare dig — Hansemand!" sagde han venligt, „hvad sidder du og lurer paa?"

„Jeg ventede paa dig!" svarede Hans med dump Stemme.

„Jasaa! er der noget iveien med dig? — er du syg?"

„Spørg ikke!" svarede Fætter Hans.

Dette vilde til enhver anden Tid have været tilstrækkeligt til at fremkalde en Hagl af Spørgsmaal fra Onkel Fredrik.

Men iaften var han saa optaget af sine egne Oplevelser, at han foreløbig skjød Nevøens Anliggende tilside.

„Du var ellers dum," sagde han, „som ikke fulgte med mig til Tante Maren. Vi har havt det saa morsomt, det havde netop været noget for dig. Ser du — det var egentlig etslags Afskedsselskab for en ung Dame, som skal reise imorgen." —

En skrækkelig Anelse gjennemfór Fætter Hans.

„Hvad hed hun?" skreg han og kneb Onkel i Armen.

„Au!" raabte denne, „Frøken Bech!"

Da kastede Hans sig baglænds paa Bænken.

Men neppe var han dumpet ned, før han fór iveiret med et høit Skrig, og op af Baglommen tog han en liden knudret Tingest, som han kastede langt nedover Alleen.

„Hvad gaar der af Gutten," raabte Onkel Fredrik, „Hvad var det, du kastede?"

„Aa det var den Fandens Blücber," svarede Fætter Hans grædefærdig.

— Det var netop saa vidt, at Onkel Fredrik fik Tid til at sige: „Sa' jeg ikke: vogt dig for Blücher," før han brød ud i en livsfarlig Latter, der varede fra Slotsbakken og langt ned i Øvre Voldgade.

Also available from JiaHu Books:

Garman & Worse – Alexander Kielland
Brand - Henrik Ibsen
Et Dukkhjem – Henrik Ibsen
(Norwegian/English Bilingual text also available)
Peer Gynt – Henrik Ibsen
Hærmændene på Helgeland – Henrik Ibsen
Fru Inger til Østråt -Henrik Ibsen
Gengangere – Henrik Ibsen
Catilina – Henrik Ibsen
De unges Forbund – Henrik Ibsen
Gildet på Solhaug - Henrik Ibsen
Kærligdehens Komedie - Henrik Ibsen
Synnøve Solbakken - Bjørnstjerne Bjørnson
Nils Holgerssons underbara resa genom Sverige - Selma Lagerlöf
Gösta Berlings Saga - Selma Lagerlöf
Den siste atenaren – Viktor Rydberg
Singoalla – Viktor Rydberg
Det går an - Carl Jonas Love Almqvist
Drottningens Juvelsmycke - Carl Jonas Love Almqvist
Röda rummet – August Strindberg
Fröken Julie/Fadren/Ett dromspel - August Strindberg
Egils Saga (Old Norse and Icelandic)
Brennu-Njáls saga (Icelandic)
Laxdæla Saga (Icelandic)
The Little Mermaid and Other Stories (Danish/English Texts) -
Hans-Christian Andersen
Die vlakte en andere gedigte (Afrikaans) - Jan F.E. Celliers